EL PREMIO DEL ALFA

UN ROMANCE CON UN HOMBRE LOBO
MULTIMILLONARIO

RENEE ROSE

LEE SAVINO

Traducido por
BEGOÑA MARÍN
Editado por
L M D

Midnight
ROMANCE

LIBRO GRATIS - LA VIRGIN Y EL VAMPIRO

Quiere un libro gratis de Renee Rose y Lee Savino? Suscríbete a su newsletter para recibir ***La virgin y el vampiro*** y otro contenido especialmente bonificado y noticias de nuevos. https://BookHip.com/XJPQQXK

LIBRO GRATIS DE RENEE ROSE

Quiere un libro gratis de Renee Rose? Suscríbete a mi newsletter para recibir **Padre de la mafia** y otro contenido especialmente bonificado y noticias de nuevos. https://BookHip.com/NCVKLK

 Creado con Vellum

CAPÍTULO UNO

Sedona

Mis ojos se abren, arenosos y doloridos. Los frotaría si no estuviera en forma de loba.

—¿Dónde estoy?

Me levanto y doy golpes contra los barrotes metálicos.

—¡Oh, *joder*! Estoy en una jaula, una *maldita* jaula.

«Sedona, ¿de verdad tienes que blasfemar?», diría mi mamá con labios fruncidos.

«Sí, mamá. Si alguna vez hubo un momento para la palabra *joder* es ahora».

Estoy en una jaula como un maldito perro. Una maldita mascota.

Me froto la cabeza contra los barrotes, pero no me ayuda a disipar el dolor palpitante. Tengo la boca seca, lucho para tragar algo de saliva. Me siento peor que durante cualquier resaca que haya tenido en los últimos tres años de universidad. Y no es que sea una chica muy fiestera.

Bueno, a veces me gusta salir de noche, pero ¿a quién no?

Me retuerzo en el espacio confinado, pero me es imposible ponerme cómoda. Un gruñido bajo comienza en mi garganta y mi loba se agacha para abalanzarse. Golpeo los barrotes, lloriqueo de dolor. Hago unos cuantos intentos más para liberarme pero me rindo, solo desplomo el bozal hasta las patas, apretando mis ojos cerrados frente al dolor. Pero el dolor de cabeza se torna más fuerte. Mis captores me drogaron con algo que me noqueó. ¿Cuánto tiempo llevo medio inconsciente? ¿Doce horas? ¿Veinticuatro?

Estoy en un gran almacén. Otras jaulas se agrupan en estanterías metálicas gigantes, como los productos típicos que se almacenan en Costco o Sam's Club. La mayoría están vacías. Un lobo negro flaco con ojos amarillos parpadea hacia mí desde la jaula desde donde yace.

El humo de un cigarro tiñe el aire y el sonido de voces de hombres, hablando en español, llega desde detrás de una puerta. Esta se abre creando un haz de luz en el pasillo. Las voces masculinas se oyen más cercanas hasta que el grupo de hombres se reúne alrededor de mi jaula. Los mismos idiotas que me capturaron en la playa.

Si fuera inteligente, cambiaría a mi forma humana y sacaría algo de información de ellos. Quiénes son, qué quieren de mí. Pero mi loba no tiene ganas de hablar.

Me paro sobre las patas traseras, mi lomo y cabeza se presionan contra los barrotes superiores de mi pequeña prisión. Mis labios se despegan para mostrar los colmillos. Un gruñido mortal retumba en mi garganta.

—Qué belleza, ¿verdad? —comenta uno de los hombres.

Hay más discusión en español, pero no capto más palabras que «americana» y «Monte Lobo».

Son lobos, a juzgar por su olor. Todos ellos. Sus miradas me causan un escalofrío.

Me rompo las mandíbulas a través de los barrotes, gruñendo.

Los hombres me ignoran, recogen mi jaula y me llevan a una camioneta de pasajeros blanca reluciente. Abren las puertas traseras y me meten dentro.

Me echo contra los barrotes de la jaula, rugiendo y gruñendo.

Uno de los hombres se ríe.

—Tranquila, ángel, tranquila. —Y cierra las puertas con un clic dejándome sola una vez más.

~.~

Reboto dentro de la jaula en la oscuridad. La camioneta parece ascender mientras viaja sobre terrenos cada vez más abruptos. Debe de ser un camino de tierra. Vuelvo a la forma humana para pensar, acurrucada y desnuda entre los barrotes.

Mi cabeza se va despejando del sedante, aunque mi estómago todavía se agita como si estuviera montada en una montaña rusa.

Necesito un plan. Una estrategia para salir de aquí. Zarandeo el candado en el exterior de la jaula. Es sólido. Necesitaría cortadores de alambre o una ganzúa para liberarme, pero no tengo nada. Mi hermano mayor, Garrett, me enseñó a abrir cerraduras. Lo vi jugar cuando era adolescente, escogiendo cada herramienta cuando nuestro padre trataba de mantenerlo dentro, o fuera, dependiendo de la situación.

Pero no tengo ni una horquilla ni bolso. Ni nada de ropa.

¿A dónde me llevan? Tengo un nudo en el estómago. Si esto fuera un secuestro al azar, pedirían un rescate a mi familia. Pero soy la hija de un alfa. Y hay que tener valor para enfrentarse a mi padre... Creo que voy a ser violada en grupo por una manada extranjera. Convertida en su esclava sexual. ¡*Diablos*! Espero que no les guste la tortura.

Mi loba se queja mientras el olor de mi propio miedo me obstruye la nariz.

«¡Piensa, Sedona, piensa!».

Son lobos. Me recogieron de una playa turística en San Carlos. Soy joven, mujer. Probablemente no me van a matar. Las cambiantes femeninas son más raras que los machos. Soy una mercancía. ¿Tal vez me subastarán?

¡*Joder*! Esto es malo. Muy malo.

A Garrett no le gustó la idea de que fuera a San Carlos con humanos. Como una tonta, subestimé su preocupación. Pensé que estaba siendo sobreprotector. Soy una cambiante. ¿Qué era lo peor que podía pasarme?

¡Ser secuestrada! Puedo oír a mi padre decirme: «Te lo dije». Si salgo viva de aquí, estaré encantada de darle la razón.

La camioneta retumba hasta que llegamos a una parada. Mi loba lucha por hacerse cargo, para protegerme, pero la obligo a reprimirse. Mi única opción es pretender cooperar para luego arrancarles sus malditos ojos con mis pulgares y correr. Para actuar dócil, es mejor que esté desnuda y asustada, como en un estúpido *reality show*.

Me coloco de lado, me arrodillo y me cubro los pechos con el antebrazo. Indefensa como un conejito.

La puerta de la camioneta se abre.

—Por favor, tengo mucha sed —digo.

Uno de los hombres murmura algo en español. Este juego va a ser más difícil porque no hablo el idioma.

Maldición, ¿por qué no estudié español en la secundaria? Claro, porque quería estar en todas las clases de arte posibles. Y no tenía idea de que algún día tendría que hablar con mis secuestradores mexicanos.

—Déjame salir de la jaula —ruego, rezando para que alguien hable inglés.

Me ignoran. Dos hombres recogen mi jaula por las asas de cada lado y la sacan de la camioneta. Avanzan por un camino arbolado con la jaula balanceándose entre ellos. Más allá del césped ajardinado y el edificio de paredes altas, solo hay bosques frondosos. Mis captores me llevan a una fortaleza en lo alto de una montaña.

Mi pulso galopa rápidamente.

—Por favor. Necesito agua. Y comida. Déjame salir —ruego.

—Cállate —dice uno de ellos. —Hasta yo sé esa palabra. Después de todo, soy de Arizona.

Bien, así que son menos que comprensivos.

Dos hombres mayores —también cambiantes a juzgar por su olor—, que visten trajes y zapatos italianos brillantes, aparecen de detrás de un imponente pórtico hecho de acero y madera tallada.

«Son traficantes».

Ese es mi primer pensamiento, basándome en la forma en la que van vestidos. Aunque si hubiera un cártel de droga de cambiantes, habría oído hablar de él. «¿O no?». ¿Pero quién más usa trajes de mil dólares en una zona boscosa de montañas?

Los hombres, los que llevan zapatos caros, hablan con mis captores en tono bajo y los guían hacia el interior.

Vuelvo a probar mi juego de mujer desnuda y asustada.

—Por favor, ayúdeme, señor. Tengo tanta sed…

Uno de los hombres mayores se vuelve y me mira directamente. Sé que me entiende. Dice algo en tono sarcástico a mis captores que murmuran en respuesta.

Esta estrategia no me ha llevado muy lejos. Pero tienen que abrir esta jaula alguna vez. Y cuando lo hagan, les romperé las narices, cambiaré y abandonaré mi artimaña. No se encontrarán con una loba agradable.

Mi estómago se tambalea mientras la jaula se balancea. Me tengo que agarrar los peldaños metálicos para evitar deslizarme con el movimiento.

Los hombres siguen un camino a lo largo del interior de altas paredes de adobe pulidas. Una enorme villa o mansión hecha de mármol blanco reluciente se eleva al otro lado. Es majestuosa. Tiene una calidad de otro mundo, como si estuviéramos en una era completamente diferente. O en otra dimensión.

Llegamos a una moderna puerta de seguridad y uno de los hombres más ancianos saca una tarjeta. Abre la puerta y lleva a mis captores a través de unas escaleras. Hay una frío húmedo en el aire. La nariz se me arruga ante el olor rancio.

Parpadeo mientras mis ojos se ajustan a la iluminación tenue. ¡Oh, Dios mío! Estoy en un calabozo. A lo largo del pasillo, hay puertas de hierro con mirillas. Uno de los más viejos vocifera algo en español, los otros se detienen y bajan la jaula para esperar a que abra la puerta de una celda.

En cuanto veo lo que hay dentro, cambio a loba y mis gruñidos resuenan en las paredes de piedra.

El lugar esta vacío, excepto por una cama con grilletes de hierro unidos a los cuatro postes, lista para albergar a un prisionero. Y ahora sé por qué me trajeron aquí.

Me tiro contra las paredes de la jaula. Alguien, de alguna manera, va a sentir mis colmillos.

Un pinchazo certero se huende en mi cuello y mis patas vuelven a desplomarse.

Mis gruñidos resuenan en mis oídos a medida que mi visión se desvanece una vez más.

~.~

CARLOS

LA PARTE posterior de mi cuello me cosquillea mientras don José me lleva por los escalones de mármol del palacio.

—¿A dónde vamos? —Mis zapatos de vestir taconean en la piedra, resonando contra las paredes del pasadizo tenuemente iluminado que brillan tras ser fregados y pulidos diariamente.

El jefe del consejo de ancianos inclina la cabeza.

—Necesitamos que veas algo. —Y sigue caminando, esperando que lo siga como si aún fuera un cachorro despistado.

Un gruñido bajo se eleva en mi garganta. Don José mira hacia atrás para que me trague la respuesta de lobo.

—Calma a tu lobo, alfa. Querrás ver esto. —La ligera deferencia en sus palabras se aleja de su tono arrogante. Aprieto los dientes hasta que descendemos a las mazmorras, el área de retención para lobos e insurgentes enemigos.

—Suficiente —chasqueo. La desconfianza de mi lobo es demasiado intensa para ignorarla—. ¿Qué me estás mostrando?

Don José duda.

—Ya no soy un cachorro —agrego suavemente—. Yo soy tu alfa.

Por un momento la mirada del viejo lobo se encuentra con la mía. La deja caer un segundo antes de que se convierta en un verdadero reto.

—Sabes que nuestras tasas de natalidad han estado bajando estos últimos años.

—Más bien este último medio siglo —corrijo.

—Y muchos de los nacimientos solo producen seres *defectuosos* —espeta don José— y débiles, incapaces de cambiar como en los viejos tiempos.

Levanto la barbilla, atreviéndome a replicarle:

—Odio los viejos tiempos de las antiguas proclamas.

—En los viejos tiempos, un cambiante que no tenía su parte animal no era auténtico —dice con rigidez—. Fueron *retirados* de la manada.

Retirados. Una buena manera de decir *asesinados.*

—Usted conoce cuál es mi decisión en este asunto, don José. Cualquier lobo nacido en la manada es parte de ella. No les damos la espalda.

—Por supuesto. —Inclina la cabeza de nuevo con la espalda rígida mientras frunce el ceño en un punto de mi corbata—. Pero la manada debe permanecer fuerte. De lo contrario, la sangre débil nos diluirá hasta que ningún cachorro tenga la capacidad de cambiar en absoluto.

—Muy bien. —Cruzo los brazos sobre mi pecho—. No divagues más y di qué pasa.

—El consejo ha estado trabajando en una solución. Mientras estabas en la universidad, tuvimos que tomar muchas decisiones difíciles. Por el bien de la manada.

—Por el bien de la manada —murmuro—. Muy bien entonces. Muéstramelas.

Merodeo detrás de don José a través del pasaje tenuemente iluminado.

—Ya las verás. —Los ojos oscuros de José me miran con astucia mientras le ordena a un guardia que abra la puerta de la celda.

El problema es que no tengo a un beta. Tengo a José como parte del consejo de ancianos. Yo podría dirigirlo fácilmente mejor que cualquiera de sus miembros, pero juntos son más fuertes que yo. La única razón por la que me mantienen como su líder títere es porque la ley de la manada usa la realeza de la sangre para determinar al alfa. Alguien de la línea de sangre alfa original ostenta el título incluso si no gobierna como tal.

La puerta de la celda se abre y me quedo congelado.

Esposada como un águila extendida en una cama yace una hermosa hembra desnuda. Sus largos y gruesos cabellos castaños se abren mientras su cabeza se apoya en un colchón sin almohadas. Pechos exuberantes, una barriga plana y larguísimas piernas. Y entre ellos —¡ay, *carajo!*— un montículo perfectamente depilado y su tierno centro rosa exhibido para que todos lo vean.

¿Qué carajo? Una patada de calor parpadea a través de mí y endurece mi polla. Mis manos se aprietan en puños. Mi lobo está aullando, la adrenalina bombea por mis venas, pero no sé si me está preparando para reclamar a la hermosa hembra o luchar por su libertad.

La mujer se tensa contra sus lazos y sus enormes ojos azules parpadean. Sus labios están agrietados y sangrando. Cuando se queja, la furia al rojo vivo me apabulla. La necesidad de protegerla, de rescatarla de este destino, sale a la superficie borrando todos los rastros de mi lujuria.

—¿Qué diablos es esto? —pregunto. Doy unos pasos hacia adelante y cojo una de sus muñecas esposadas, tirando de la cadena—. ¡Desatadla! —bramo.

Más tarde, repito en mi memoria la escena una y otra vez, reprendiéndome por mi estupidez. Una risa siniestra es todo lo que oigo antes de girar para ver la puerta cerrada moviéndose con el candado resonando.

La rabia me hace cambiar a lobo en un instante, destrozando mi ropa hecha a medida, mientras me lanzo hacia la puerta. Mi enorme cuerpo de lobo la golpea con toda fuerza, pero no la muevo ni un milímetro. Gruño. Salto por el calabozo. Mi furia es demasiado intensa para pensar con frialdad mientras merodeo por todo el perímetro buscando cualquier manera de escapar. Pero por supuesto no hay ninguna. Conozco bien estas celdas.

«*Mierda*».

Vuelvo con la chica. Curiosamente, a pesar de mi feroz exhibición de furia, sus ojos azules no tienen pánico ahora. Me observa con ávido interés. Tal vez porque estamos en la misma situación, dos prisioneros que quedan para... *¡Maldición!*

Sé lo que quieren.

De alguna manera, encontraron a una loba de otra manada y la secuestraron para usarla para la cría. Sabía que querían que me aparease, pero no tenía ni idea de que llegarían tan lejos.

Los mataré a todos, les arrancaré la garganta a cada uno de los *pinches* miembros del consejo. ¿Están encerrándome a mí, su alfa, contra mi voluntad, para usarme como un maldito semental?

«Al *carajo* con que no».

Rujo y me abalanzo contra la puerta una vez más, aunque sé que es inútil. Recuerdo que una cámara debe de estar en la esquina, salto hacia ella, sujetando con mis colmillos el plástico y aplastando la lente de vidrio con ellos.

Vuelvo a recorrer la pequeña celda y voy a la cama, donde muerdo con mis mandíbulas la cadena que sostiene una de las muñecas de la chica.

Ella cierra su delicada mano en un puño, manteniendo los dedos lejos de mis dientes.

«Joder, su olor».

Huele a... cielo. Galletas de azúcar y almendras con un toque cítrico. Y a loba. Esta mujer seguro que no es *defectuosa*. Me pregunto cómo es el color del pelaje de su loba. ¿Negro como el mío? ¿gris? ¿dorado?

Sacudo la cabeza. No importa. No voy a aparearme con ella. La sacaré de aquí.

Gruño y tiro con todas mis fuerzas para desgarrar la maldita cadena y sacarla de la pared.

Cuando la hermosa hembra se une, sus músculos juveniles se marcan en una muestra de atletismo espectacular. Los dos nos juntamos aunando nuestras fuerzas, pero la cadena no se rompe.

Me hundo sobre mis patas traseras.

—Gracias por intentarlo. —Su inglés americano contiene un tono dulce, musical.

«No». No estoy interesado en esta atractiva estadounidense, no importa lo encantadora y hermosa que pueda ser. Eso es lo que quieren.

Creen que si me encierran aquí reclamaré el premio que consiguieron para mí y hundiré mis dientes en ella para marcarla para siempre. Confían en mi instinto alfa de apareamiento con otra alfa para reproducirme.

¿Creen que perdonaré u olvidaré esta manipulación? ¿Creen seriamente que dejaré que alguno de ellos viva después de esta emboscada?

Vuelvo a la forma humana.

Ahora yo también estoy desnudo, con mi ropa destrozada. Y esta rabia no va a hacer que la belleza encadenada se sienta más segura.

Me giro para dar la espalda a la cama. Bueno, demonios. Por supuesto que mi polla está más dura que la piedra. No importa lo enfadado que esté o cuánto quiera rescatarla. Esta belleza encadenada es sin duda la vista más erótica que he tenido.

«*Joder*». Recojo los restos destrozados de mis pantalones y encuentro mis bóxer dentro de ellos. Están hechos jirones, pero podrían sujetarse si los sostengo. Me los pongo.

—Tú hablas inglés. —Hay una nota de alivio en su voz.

Frunzo el ceño. No debería confiar en mí, porque si supiera lo que quiero hacerle a ese cuerpo delicioso, desnudo y totalmente disponible, estaría gritando.

Mi camisa yace a pocos metros de distancia. La cojo y me preparo para enfrentarme a su presencia embriagadora antes de volver.

No ayuda. Es tan hermosa como pensaba. No, más. Me acerco a un lado de la cama para ponerle mi camisa sobre la piel, que es de un tono oro bruñido, con líneas de broceado en forma de lo que debe de haber sido un bikini minúsculo. Mi boca se hace agua pensando en la imagen de ella en la playa donde consiguió el bronceado. Sé que todos los hombres de la zona debieron de rugir al ver ese bikini.

Sujeto la tela de mi camisa sobre su coño y la estiro hasta cubrirle los pechos.

Ella tiembla, sus muslos se tensan con las esposas de hierro en sus tobillos y yo capto el aroma de su excitación.

Joder. ¿Es todo lo que se necesita? ¿Un solo roce de tela en sus partes más sensibles y ya está excitada para ser tomada?

En serio no sobreviviré a esta prueba.

Arreglar la camisa sobre ella se convierte en una tortura en sí misma, porque cuando su olor golpea mis fosas nasales, tiro la tela demasiado alto y expongo su sexo, luego le descubro los pechos cuando vuelvo a estirarla hacia abajo.

La forma en que sus pezones se elevan y caen por su aliento acelerado no ayuda, ni esos grandes ojos azules fijos en mí.

—Por el amor de Dios —murmuro, estirando ambos extremos simultáneamente. Mis dedos le rozan la piel y me trago un gruñido de emoción. Es tierna como un bebé. Tersa. Mi polla se inclina ansiosamente hacia ella y, como un idiota, inhalo profundamente. La esencia de sus feromonas y excitación me marea. A juzgar por su olor, está cerca de la ovulación, deben de haberlo sabido. Ningún macho de sangre pura podría sobrevivir encerrado con una loba alfa desnuda durante la luna llena sin, como mínimo, reclamarla o marcarla para siempre como suya.

Me las arreglo para cubrirle su coño y un pecho con mi camisa antes de dejar caer la tela y dar un paso atrás. Un roce más de su piel y juro que acariciaría cada centímetro de ella.

De alguna manera arrastro mis ojos lejos del pecho descubierto, con el pezón en punta, hinchado como un melocotón maduro. Me pregunto qué parte de este escenario la excita: la esclavitud, la desnudez o mi atención en su bellísimo cuerpo. No, definitivamente no quiero saberlo.

Mi aliento se queda corto a medida que una nueva inyección de lujuria me atraviesa. Le pregunto:

—¿Eres de Estados Unidos?

Ella asiente.

—¿También eres de...? —dice, y su voz sale mitad susurro, mitad carraspeo, entonces se la aclara y corre su lengua rosa a lo largo de los labios agrietados.

Me muerdo un gemido.

El destino sabe que quiero decirle que sí, que me secuestraron de los Estados Unidos, como a ella. Y que me han traído a Monte Lobo y arrojado en una celda. Pero la rabia que me produce la idea de mentirle hace que casi vuelva a cambiar a lobo.

—No —respondo. Alcanzo la tela para volver a subirla, pero solo tengo éxito en conseguir que se deslice de ambos pechos.

¡Joder! Esos pezones piden estar en mi boca, con mi lengua mordiéndolos de por vida.

Cierro los ojos durante unos minutos y me alejo unos pasos para dominar mi lujuria.

—¿Estás herida? —le pregunto con un tono casi gruñón.

—Tengo sed —responde.

Voy a la puerta y golpeo la palma contra ella, haciendo tronar el eco de acero en las paredes de nuestra celda.

No me sorprendo cuando no hay respuesta.

—¡Necesita agua! —grito en español—. No puedo ver por la ventana porque es un cristal esmaltado por dentro. Esta vez oigo una voz baja detrás de la puerta. Hijos de puta. Están ahí parados escuchando todo esto. Al menos desactivé la maldita cámara.

—Mi nombre es Carlos. Carlos Montelobo. —Me doy la vuelta una vez más para enfrentarme a ella—. Siento mucho que te hayan maltratado de esta manera.

Se lame los labios otra vez. Tiene que dejar de hacer eso.

—No es tu culpa.

Ahí es donde se equivoca, y yo soy un imbécil si no se lo digo.

Sus ojos viajan desde mi cara hasta mi torso desnudo, alcanzando mi cintura antes de regresar a mi cara. Ella se sonroja.

¡Oh, demonios! Qué dulce. Qué *jodidamente* dulce.

Me clavo los dedos en el pelo.

—Desafortunadamente, es mi culpa.

Sus ojos se estrechan.

Reconozco mi responsabilidad.

—Quiero decir, no sabía que estaban haciendo esto, pero esta es mi manada. Se supone que soy el alfa. Estoy encerrado contigo por el consejo de ancianos.

—¿Por qué?

Ella sabe por qué. Puedo decirlo por la forma en que su mirada se lanza a mi erección.

Trago saliva y me siento en la cama, observando una vez más los grilletes como si pudiera descubrir alguna otra manera de liberarla.

—Nuestra manada sufre desde hace mucho por la escasez de nuevas crías. Hemos disminuido de tamaño y muchos de nuestros miembros son incapaces de cambiar. Los llamamos *defectuosos*. La mayoría de las hembras son estériles y no pueden reproducirse. Sabía que el consejo estaba trabajando en un plan para introducir nuevas crías, pero no tenía idea de que harían esto. —Hago un gesto con la mano en el aire para referirme a la celda en la que estamos.

—¿Quieren que te reproduzcas conmigo?

—Sí. —La culpa cae sobre mi pecho como un ancla arrastrándome a las profundidades.

Sus mejillas se vuelven rosadas y ella tira de sus cadenas.

—Shh. —La toco antes de darme cuenta de mi propia intención, acariciando su mejilla con mi pulgar—. No te preocupes, hermosa. No te obligaré, te lo prometo. —Cuando ella sigue tirando de sus ataduras, agarro sus dos muñecas debajo de los grilletes—. Alto. —Mi voz se aviva con el mando.

Ella se queda congelada, su loba responde instintivamente al dominio de un macho alfa. Sin embargo, el brillo agitado de sus ojos no coincide con su obediencia.

Sí, mi cuerpo está ahí con el suyo. Trato de contenerla y eso hace que mi polla ondee como una bandera. Sus exquisitos pechos están a pocos centímetros de mi pecho. Puedo sentir el calor de su cuerpo, el soplo de su aliento contra mi cuello.

—No quiero que te lastimes más. —Aflojo mi peso y le libero las muñecas.

Ella se sonroja, y quiero arrancarme la garganta cuando las lágrimas estallan en esos increíbles ojos azules. Una de ellas se desliza por su mejilla. Me acerco para limpiarla.

—No llores, *muñeca*. No te reclamaré y no dejaré que te lastimen. Tienes mi palabra.

Aleja la cara de la mano.

—¿Por qué debería confiar en ti?

Es inteligente.

—No deberías.

No estoy seguro de poder cumplir mi palabra, pero sé que moriré intentándolo.

—Correcto —se ríe amargamente.

CAPÍTULO DOS

Anciano del consejo

ME QUEDO FUERA de la celda con mis compañeros ya entrados en años, don José y don Mateo, viendo interactuar a los dos jóvenes lobos. He enviado al guardia lejos. No es necesario, estas celdas son imposibles de romper.

—Es solo cuestión de tiempo. Su atracción ya es evidente.

—De acuerdo —dice Mateo—. Él la marcará antes de la medianoche y nuestro plan tendrá éxito. Pero cuando lo dejemos salir, puede arrancarnos todas las gargantas. Su parte de lobo se ha vuelto feroz desde que la vimos por última vez.

—Tengo un plan para eso. —Don José toca con un dedo la puerta—. Los drogamos a ambos antes de separarlos, luego le damos una sobredosis a la madre de él. Cuando Carlos despierte, primero tendrá que responder a esa crisis. Olvidará su furia porque su madre requerirá toda su gentileza.

—Eso no es un gran plan —dice Mateo.

—Para cuando encuentre a su mujer de nuevo, ella estará encerrada en una habitación de invitados, vestida con túnicas finas y siendo tratada como un miembro de la realeza. No tendrá motivos para castigarnos por nuestros medios, ya que estará satisfecho con el resultado: un hermoso premio para un alfa fuerte. Justo lo que esta manada ha necesitado. Por supuesto, humildemente rogaremos su perdón.

Frunzo el ceño.

—Es arriesgado. ¿Y si la deja ir? —Aunque yo fui quien se puso en contacto con los traficantes cuando secuestraron a la loba norteamericana, la idea de encarcelarla con nuestro alfa fue de don José. Hubiera preferido la fertilización *in vitro* y usar a la chica como criadora para toda la manada. Un experimento científico. No podemos depender de la naturaleza para mantener a la manada en buen estado.

—Si él la marca, no será capaz de dejarla ir. La biología seguirá su curso, tal como lo hará esta noche.

—Usted está seguro de ello. —Lo digo más como una declaración que como una pregunta.

—Sí.

Juanito, un sirviente de nueve años, llega con el agua que le ordené que trajera. Es un riesgo leve, porque es el favorito de Carlos, pero también por eso lo escogí. Necesitamos a alguien que entregue comida y bebida a la pareja, y no confío en que Carlos no le rompa la mano al que pasa la bandeja por la ventana. Pero no lastimará al chico. Hay demasiada bondad en él. Es igual que su padre.

Por eso tuvimos que deshacernos de él.

~.~

SEDONA

CUANDO CARLOS se aleja de mí, noto la pérdida de su cercanía como una planta privada de agua. Lo que me fastidia. No quiero sentirme atraída por un alfa oscuro, inquietante y desnudo que acecha alrededor de nuestra celda, incluso si sus músculos son tan sólidos y están tan esculpidos como los de un culturista. Lo observo fascinada. Su pecho no tiene vello, y un tatuaje le cubre el hombro izquierdo y los bíceps con una especie de patrón geométrico.

Nunca he tenido una reacción tan fuerte con ningún hombre, humano o cambiante. Pero tampoco he estado encadenada con el cuerpo desnudo y en plena exhibición para un hombre.

Repetí la escena en la que me detuvo para que no tirara de mis esposas. Se movió rápido, abalanzándose sobre mí, clavándome en la cama. Por un segundo, pensé que me iba a besar. *¡Maldición!* Tiene la barba cuidadosamente recortada. ¿Cómo se sentiría sobre mi piel?

¿Cómo sería tener las muñecas atadas sobre mi cabeza mientras él me recorre? Tener todo ese mando y poder centrados en mí. ¿Me haría daño? ¿O sería un amante tierno?

A pesar de que me molestó que alzara la voz, tenía razón al detenerme. Mis muñecas ya están magulladas y, tristemente, me encanta cómo doblegó su deseo por mi propio bien. Es lo que un buen alfa debe hacer.

Por la ventana cuadrada en la base de la puerta pesada se desliza una mano pequeña con un vaso de plástico.

Carlos entra en acción y corre hacia allí, pero en lugar de tomar el vaso agarra la muñeca.

—¡Ay! —El grito de dolor del otro lado suena claramente infantil.

Carlos maldice.

—¿Juanito?

—Perdóneme, don Carlos. —El chico suena como si estuviera a punto de llorar.

Carlos suelta una serie de blasfemias en español, muchas de las cuales reconozco. Exige algo, también en español, pero el chico solo responde con un resoplido. Carlos le suelta la muñeca y dice algo en tonos más calmados. La mano pequeña se pliega y golpea a Carlos antes de retirarse. Carlos recoge el vaso de agua y viene hacia mí. La furia desatada irradia de él, lo cual me parece extrañamente atractivo. Pero me crió un lobo alfa dominante, generalmente enfadado, así que supongo que él sería mi compañero ideal. En realidad tiene sentido que ningún otro hombre haya captado mi interés hasta ahora. Mi loba solo muestra su vientre a un verdadero alfa.

Espero que haya terapia para esto, porque lo último que necesito es otro macho líder diciéndome qué hacer. Tengo un padre y un hermano demasiado protectores para eso.

Veo sus músculos contraerse mientras camina hacia un lado de la cama.

—Envían a un niño con el agua porque saben que no lo lastimaré. *Chingada panda de pendejos.*

—¿Quién es el niño? —Creo que es pariente de Carlos.

—Un sirviente.

—¿No tienen leyes de trabajo infantil en México?

La expresión de Carlos se oscurece aún más.

—Ya sabes, mi manada es... arcaica. Ellos... *nosotros*

vivimos en una era diferente —dice con un tono amargo
—. Los débiles sirven a los fuertes. El comercio con foras-
teros está prohibido, la tecnología y los medios de comunicación no están permitidos, ni nos relacionamos con otras
manadas. Solo el consejo y yo estamos exentos de todas
estas reglas.

El agua se derrama sobre el borde del vaso de plástico
púrpura. Con mucha más delicadeza de lo que mostró
cuando trató de cubrirme con su camisa, me desliza una
mano detrás de mi cabeza y la levanta para acercarla a la
copa. Derramo la mitad del agua, ni siquiera me importa
que parte de ella caiga por mi barbilla.

—Gracias —jadeo cuando termino—. Si no lo aprue-
bas, ¿por qué no cambias las cosas?

Un músculo en su mandíbula se marca.

—Lo haré. Es una pelea, siempre una lucha contra el
consejo. Pero lo haré.

Acepto otro sorbo de agua del vaso.

Carlos me mira con ojos oscuros brillantes y me dice:

—Ni siquiera sé tu nombre.

—Sedona.

Levanta una ceja.

—¿Como la ciudad?

—Mis padres se conocieron allí. —Hace unos años,
temía que Sedona y Tucson fueran los lugares más lejanos
a los que viajaría desde que mi manada se instaló en Phoenix. Y ahora estoy en algún lugar de México, encadenada
a una cama con un lobo latino sexy que devora con los ojos
mi cuerpo desnudo. No es la aventura que esperaba.

Carlos repite mi nombre con su acento mexicano,
dándole un sonido exótico y seductor.

—Muy buen nombre para una loba preciosa. —El
hecho de que me encuentre hermosa parece molestarlo,
porque frunce el ceño cuando lo dice. Levanta la mano

hasta mi boca como si fuera a limpiarme el agua de la barbilla.

—Vaya, gracias —le digo secamente.

Lleva el pulgar al labio inferior y lo frota, de un lado a otro lentamente; sus ojos oscuros se tornan más negros .

Comienzo a sentir un pálpito entre mis piernas y mis pezones se tensan.

«Oh, *mierda*».

Estoy totalmente fuera de mí. La cruda verdad: soy virgen. Mi padre habría matado a cualquier chico que intentara follarme cuando estaba en la secundaria. Y lo digo literalmente. Ni siquiera tuve una cita para el baile de graduación. Podría haber tenido sexo en la universidad, pero salgo con humanos y simplemente no me ponen cachonda. No es que no lo hayan intentado, pero no tengo relaciones sexuales.

Lo siguiente que sé es que Carlos me mete el pulgar entre los labios y le estoy haciendo el amor con mi lengua. Un gruñido bajo reverbera en su pecho como el arranque de un motor y todas las partes mías de señorita se aceleran en respuesta.

—Sedona —vuelve a decir con su acento sexy. *Say-doh-na.* Pronuncia mi nombre como si fuera un lugar mágico. Retira el pulgar de la succión de mi boca como si le doliera —. Estar encerrado aquí contigo me va a matar.

Debe de ser por los repetidos tranquilizantes que me dieron que estoy a punto de dejarle que pruebe mi cuerpo al verme aquí esparcida para su deleite.

—¿Cuál es tu…? —me aclaro la garganta porque me resulta difícil hablar ahora desde que invadió mi boca con su dedo grueso—. ¿Cuál es tu plan, exactamente? ¿Esperar? No creo que eso vaya a funcionar. Si te encerraron aquí para que nos reproduzcamos, ¿nos dejarán salir antes que lo hagamos?

Un músculo se marca en su mandíbula. Enfadado se ve hermoso. Un mechón de pelo oscuro le cae sobre la frente, las líneas fuertes de su rostro se acentúan con el firme conjunto de su boca. Sus dedos se convierten en puños a sus lados.

—No lo sé.

Si no tuviera un padre y un hermano alfa no notaría las ráfagas de culpa y frustración que está experimentando. Los alfas no soportan no tomar medidas, no tener una respuesta o tener las manos atadas. Teniendo en cuenta la forma en que su polla está encerrada en posición vertical, la acción más probable que tome es empujarla en mi coño cálido y húmedo. No es que esté totalmente en contra de la idea. Siento gotear fluidos entre mis muslos mientras lucho por mantener la cabeza fría.

—¿Cuánto tiempo has sido alfa? —le pregunto.

Se frota la nuca.

—De facto, desde la muerte de mi padre cuando tenía dieciséis años. Pero el consejo me animó a irme para continuar mi educación en un internado y luego asistir a la universidad en los Estados Unidos. Después fui a la escuela de posgrado. No volví hasta el otoño. —Hay pesadez en sus palabras. Siento el peso de su culpa o alguna otra carga mientras mira la pared que hay frente a él.

—No querías volver.

—No. —Sus ojos se encuentran con los míos de una manera nueva, como si la nube de lujuria se hubiera levantado y en realidad me deseara a mí, y no solo mi cuerpo desnudo ofrecido en un plato.

—¿Cuánto tiempo llevas fuera?

—Siete años. El tiempo suficiente para comprender que si no hacemos cambios en este lugar arcaico, la manada se extinguirá.

Me estremezco. Soy la solución que su consejo

encontró para salvar a la manada. Hay una cierta cantidad de deber para la que estaba preparada como hija de un alfa. Pero ser parte de un programa de cría no era uno de ellos. Mi padre es de la vieja escuela, pero esto es muy primigenio.

Carlos se sienta en el borde de la cama, cerca de mi cintura, y examina las cerraduras de los grilletes. Mis muñecas deben de verse tan crudas como se sienten porque me frota la piel alrededor de los bordes de las esposas y gruñe.

—Dime cómo terminaste aquí, Sedona.

El tono dominante me hace temblar. No importa que esté tratando de ser un caballero. Mi cuerpo le responde.

—Son mis vacaciones de primavera, o eran... Estaba en San Carlos con mis amigos y un cambiante se me acercó en la playa. Otro se abalanzó detrás de mí y me clavó una aguja en el cuello para drogarme. Me pusieron en una jaula y me llevaron a una ciudad donde pasé la noche en un almacén. Luego me trajeron aquí.

Carlos gruñe durante toda mi historia, mientras que su pulgar hace magia en el interior de mi muñeca, trazando círculos de luz en mi piel sensible. Nunca me di cuenta de que un roce en la muñeca pudiera ser tan sexy. Mi coño palpita de una manera que es difícil de ignorar. El extraño calor me inunda otra vez.

—Traficantes de la Ciudad de México —dice cuando termino—. Había oído un rumor de que los cambiantes vendían lobos en mi país, pero no me lo creía. Las historias muestran a un demonio llamado el Cosechador que compra cambiantes, drena su sangre y roba sus órganos.

Me estremezco.

—Cuando salgamos, mataré hasta el último de los traficantes que te tocaron. Tienes mi palabra sobre eso.

Trago saliva y asiento.

—Gracias.

Roza los labios sobre mi pulso.

—Dime, ¿a qué escuela vas y qué estudias, Sedona?

Me lamo los labios para humedecerlos y su mirada se fija en mi boca. *Demonios*, puede que me esté sonrojando. He tenido atención de hombres toda mi vida y nunca he tenido esta reacción. Cambiando mis caderas para aliviar el cosquilleo entre los muslos, respondo:

—Voy a la Universidad de Arizona, en Tucson. Estoy obteniendo un título en arte comercial.

Inclina la cabeza hacia un lado como si hubiera dicho lo más fascinante de la Tierra.

—Una artista. Claro que sí.

—¿Qué significa eso?

Sonríe, centrando su atención en mi otra muñeca.

—Una loba tan hermosa como tú solo pondría más belleza en el mundo.

Muevo los ojos.

—¿Qué tipo de arte creas?

Me muerdo el labio.

—Ahora mismo me gustan mucho las acuarelas con contornos de tinta negra.

—¿Como paisajes?

No sé por qué me avergüenza decir lo que he estado dibujando. Lo digo, de todos modos.

—Hadas.

Ladea la cabeza, estudiándome. Imagino que va a burlarse, pero en su lugar me pregunta:

—¿Por qué hadas?

—Um… —me sonrojo. Nadie me ha preguntado tanto sobre mi arte antes. Ni siquiera mis padres—. Cuando era pequeña, tenía una niñera. Bueno, una loba mayor que me cuidaba por la tarde a veces. Siempre me decía que si tomaba una siesta cuando quería que lo hiciera, las buenas hadas vendrían y llenarían mi vida de magia. Y yo recuerdo que trataba de dibujarlas. —Me apresuro a terminar mi historia, pero no interrumpe ni se ve aburrido —. Más tarde, cuando enfermó, le hacía pequeñas cartas decoradas con hadas. De alguna manera, creo que nunca crecí.

—Me gustaría mucho ver tus hadas, Sedona.

Su mirada intensa hace que mi corazón revolotee. Miro hacia otro lado.

—Realmente no se las muestro a nadie —murmuro.

—¿Por qué no?

—Mis profesores pensarían que es una tontería. Mis padres piensan que el arte es solo una fase por la que estoy pasando. Algo lindo para mí, para ocupar mi tiempo hasta que me aparee. Es como si me vieran en la década los cincuenta.

Carlos ríe.

—Deberían estar orgullosos de ti y dejar que sigas con el arte.

—A mi padre y a mi hermano solo les importa mantenerme a salvo y protegida. El resto no les preocupa tanto.

—Pero solo tú puedes vivir tu vida. Debes ser libre para tomar tus decisiones.

Resoplo.

—Nunca he sido libre. Son... dominantes. —Recuerdo justo a tiempo sin mencionar que papá y Garrett son alfas —. ¿No les gusta a los lobos dominantes tomar decisiones por los demás?

—Un alfa debe ser un líder, sí —Carlos asiente. Captó lo que no le he dicho, y debería estar preocupada, pero todo lo que puedo pensar es en que es un *lobo inteligente*—. Él debe garantizar el bien de la manada, proteger a los débiles y mantenerlos a salvo. Pero también debe saber lo que les importa a sus miembros, lo que los motiva. Eso es liderazgo.

Trago saliva. Este es un territorio peligroso. Al menos Carlos no parece pensar que todas las mujeres deberían estar atadas a sus camas por un imbécil alfa para deleitarlo y reproducirse. O lo hace, y está hablando así para manipularme. No estoy segura.

—¿Qué hay de ti? —Reconduzco la conversación—. ¿A qué escuela fuiste?

—A Stanford para graduarme y a Harvard para mi MBA.

Guau. Está bien, es un lobo listo. No me extraña que no quisiera volver a su manada. Una chispa de ira en su nombre se enciende en mi pecho. Debería ser capaz de cambiar su propio futuro y no estar encadenado a esta manada loca.

Pero un pensamiento más apremiante e inquietante se dirige a la vanguardia de mi mente.

—¿Carlos? Tengo que orinar.

~.~

CARLOS

A MI LOBO le encanta la forma en que Sedona me mira y expone su problema, como si yo fuera el tipo que sabrá cómo solucionarlo.

Sin embargo, estoy enfurecido. Hay un váter en la celda, pero mi hembra está encadenada a una cama. Sí, la llamé *mi mujer*. Sé que no puedo retenerla, pero en este momento, ella está bajo mi protección. Está desnuda y vulnerable, y es *mía*. Mi lobo se rompe los dientes con esa afirmación. Calma, muchacho.

Voy hacia la puerta y la golpeo de nuevo.

—Dame las llaves de sus esposas. Ahora.

Oigo voces bajas murmurando detrás de la puerta, luego don José hace una oferta.

—Las llaves por la ropa —propone.

«¡Joder!»

La ira inflama las venas de mi cuello, pero me siento impotente para actuar. Aprieto los dientes y me dirijo a Sedona.

—Dicen que cambiarán las llaves por los restos de ropa.

Sus fosas nasales se inflaman, la mandíbula inferior sobresale en un ángulo obstinado.

—Cierto. Porque esperan un momento sexy. ¿Será sexy cuando moje la cama?

No puedo contener la risa. Me sorprende. Honestamente no recuerdo la última vez que me reí. Han pasado años. Probablemente desde antes de que mi padre muriera.

Los labios de Sedona muestran una mueca irónica y me pierdo en el azul cerúleo de sus ojos. Y luego, como no hay forma de que deje que mi hembra se humille mojando la cama, tomo la decisión por ella. Marcho y le arrebato mi camisa de su cuerpo.

—Oye —protesta, pero sus pezones se levantan.

—Tu libertad vale la pena mi incomodidad —le digo, dejando caer mis bóxer al suelo.

—¿Tu incomodidad? —dice con tono de incredulidad.

—Sí, *muñeca*. Yo soy el que tiene que luchar contra mis instintos.

Se ruboriza como una inocente, y me pregunto cuánta experiencia sexual tiene. Es madura, pero aún joven.

No importa. No debería estar encerrada con un lobo como yo.

Recolecto los otros restos de ropa tirados por la celda y le doy una patada fuerte a la puerta de entrega. Se abre hacia atrás y yo paso los artículos a través del hueco. La mano de Juanito aparece con la llave. Su muñeca todavía está marcada con las huellas rojas de mis dedos y tengo sentimientos de culpa.

De todos los cambiantes de la hacienda, Juanito es uno al que nunca querría hacerle daño. A Juanito y mi madre, que los destinos la protejan.

Quería pedirle a Juanito que me dejara la llave de sus esposas cuando entregó el agua. Sé que el niño haría lo que le pidiera, pero no pude ponerlo en esa posición. Recibiría una paliza terrible en el mejor de los casos. En el peor, el consejo se vengaría con su madre, y ella ha tenido suficiente dolor en esta vida después de perder a su marido en las minas y con su hijo mayor desaparecido.

Si puedo encontrar una manera de comunicarme con él solo, tal vez pueda conseguirme la llave de la puerta y estaré a tiempo para protegerlo a él y a su madre. *Diablos*, cómo me gustaría sacarlo de este lugar oscuro.

Tomo la llave y aparece la otra mano de Juanito con un mango maduro, todavía con la cáscara. Volteo los ojos. ¿En serio? Es como si estuvieran tomando consejos de un mal libro de citas. «Comer un mango puede ser sensual y estimulante en el juego previo. Lame el jugo de la piel de tu amante o chupa la semilla».

Tomo la fruta. Mi loba puede tener hambre. Vuelvo a golpear con el puño a Juanito, regreso a la cama y abro las esposas de las muñecas de Sedona. Se queja cuando baja los brazos y los sacude. Cuando le libero los tobillos, la ayudo a sentarse y le froto los brazos para recuperar la vida en ellos.

—¿Qué es *la luna-yeca?* —pregunta.

Sonrío.

—*Muñeca.*

—Oh. —Sus mejillas vuelven a colorearse y se pone de pie—. Date la vuelta. Necesito algo de privacidad.

—Toda tuya, muñeca. —Me levanto y camino hacia el otro lado del calabozo, girando mi espalda al váter y mordiendo la cáscara del mango para arrancar un pedazo.

Tira la cadena del servicio y me doy la vuelta. Sedona vierte un poco de agua de la taza sobre sus manos para lavarse. Mi polla se engrosa ante esta nueva vista de ella. Es una diosa. Piernas largas, pechos como un puño perfecto, su pelo castaño cobrizo cayendo en ondas por su esbelta espalda.

Y ese...

En menos de un minuto, podría tener a Sedona sobre sus manos y rodillas, extendiendo esas nalgas para mí mientras le sujeto el cabello sedoso con el puño y la follo. Está buena. Podría hacer que lo quisiera. Ni siquiera sería violación...

Sacudo la cabeza y me trago el gruñido que me retumba en la garganta, pero no antes de que ella lo capte.

Se gira y alza súbitamente las cejas.

—¿Qué? —Entonces su mirada recae en mi polla erecta que está balanceándose.

No sé qué esperar: que se ruborice o se irrite. Tal vez que se ponga a la defensiva. En cambio, mi muñeca norte-americana se humedece los labios con la lengua.

Me quejo.

—No hagas eso, muñeca. No a menos que quieras averiguar lo que es ser arrojada boca abajo en ese colchón y follada hasta que grites.

Sus ojos se abren de par en par y sé que he ido dema-siado lejos. Tal vez estaba tratando de molestarla para que pusiera una barrera y que me mantuviera alejado. El destino sabe que mi control se está desmoronando.

Me pongo de frente a la pared para que no tenga que mirar mi polla saludándola mientras le hablo con flagrante falta de respeto.

Entonces me golpea el aroma de su excitación, tan puro e innegable. Mis visión se agudiza.

«*Joder*». Mi lobo quiere marcarla. Ni siquiera he besado a la hembra y estoy listo para aparearme de por vida.

Mis uñas se convierten en garras. Las escondo en la pared y me arrastro hacia abajo, disfrutando del dolor. En menos de una hora, mi control está peligrosamente cerca de romperse. En serio, no sé cómo sobreviviré la noche.

—¿Estás bien? —Su voz suave provoca reacciones en mi cuerpo.

—Bien —respondo estrangulando la voz—. Muy bien.

—No lo pareces.

—Solo... dame un momento. —Presiono mi frente contra la pared. El consejo es más inteligente de lo que yo creía. Encerrarme con una hembra en celo es demasiado.

—¿Estás bajo el efecto de la locura lunar? —pregunta.

—No. Aún no. —Inclino una mano contra la pared. Me muero por acariciarme la polla, solo masturbarme aquí para evitar marcarla. Lo haría, excepto que dudo que me ayude—. ¿Qué sabes tú de la enfermedad lunar, Sedona?

—Sé que los lobos dominantes la padecen cuando su lobo necesita aparearse pero se reprimen.

—No solo es una apareamiento. Es *marcar*. De por vida.

—¿Alguna vez lo has hecho?

—No. Si lo hiciera... Me llevaría a mi compañera. Pero no así —me apresuro a explicarle—Yo la cortejaría. Y podría elegir. Por supuesto.

—Tu consejo no tiene la misma postura sobre los derechos de los lobos.

—No —exhalo, agradecido de que no me mezcle con ellos—. Ellos no. Me han estado presionando para que tome a una compañera. Pero no estoy listo.

—¿Todavía tanteando el terreno? —Su tono de voz me hace girar. Me preparo para que su belleza me ponga en jaque de nuevo.

—¿Celosa? —Trato de bromear. Mi voz sale estrangulada.

Ella se muerde el labio y murmuro:

—Madre de Dios, no hagas eso.

Sus preciosos ojos se ensanchan.

—¿Hacer qué?

—Nada. —No quiero asustarla. No es su culpa que sea perfecta—. No soy un mujeriego, no importa lo que hayas oído sobre los amantes latinos. Nunca he estado con una loba, solo con hembras humanas.

—Yo nunca he estado tampoco con un lobo.

Mi puño se cierra ante el pensamiento de otro macho —lobo o humano— tocándola. Presiono mi cuerpo contra la pared e hinco las uñas en la palma de mi mano hasta que el dolor me hace apretar los dientes.

—Estás sufriendo. —La preocupación en su voz me embarga.

Y ha sido secuestrada, drogada y encerrada en una habitación para servir, contra su voluntad, en un programa de cría falso. No merezco su compasión.

—Mira, Carlos. Ninguno de nosotros quiere estar en esta situación, pero...

Abro los ojos. Está mordisqueándose ese labio otra vez. Loba traviesa. La castigaría por ser tan juguetona si fuera mía.

—Tal vez pueda hacer algo para ayudarte. —Baja los

ojos en dirección a mi polla, sonrojándose. Me trago una carcajada. Si hubiera sabido que existía una inocente tan seductora, habría destrozado el mundo para encontrarla.

—Quiero decir —Sedona continúa—, obviamente nos sentimos atraídos el uno por el otro.

El rugido en mis oídos es el sonido de toda la sangre en mi cuerpo corriendo a mi polla. Es tan fuerte que casi me pierdo su próximo comentario:

—Podríamos, no sé, jugar. —Se encoge de hombros y traga saliva—. No tendría que significar nada, más allá de esta noche.

Estoy al otro lado de la celda antes de darme cuenta de que mi control se ha roto. Sedona se retira, con la cara blanca resplandeciendo en mis ojos de lobo. La acecho hasta que su espalda golpea la pared y luego pongo las manos al lado de su cabeza, acorralándola. Me inclino cerca, con cuidado de no tocarla, pero no sirve de nada. Su dulce olor me marea.

—¿Es eso lo que hiciste con tus pequeños humanos? ¿Jugar? —Mi voz sale como un gruñido.

—No —respira. Sus pupilas se han agrandado.

Enrosco un mechón de su cabello alrededor de mi dedo índice.

—¿No? ¿Segura, ángel? Porque en serio quiero patear el trasero de todos los chicos que te han tocado. —He ido demasiado lejos, pero no puedo volver a manifestar mi agresivo estado de competición que arde justo debajo de la superficie ahora.

Empuja mi pecho e intenta agacharse bajo mi brazo.

Sí, definitivamente fui demasiado lejos.

—Espera. —La atrapo y la acerco—. Lo siento. Sé que estoy siendo un imbécil.

—Sí. Lo estás siendo.

La volteo, la sostengo contra mí hasta que deja de

luchar. Su aroma me envuelve y sé que realmente es un ángel. Estoy en el cielo. Mis labios le acarician la oreja.

—Lo estoy intentando. ¿Ves lo difícil que es esto para mí...? —Me froto el miembro contra su parte trasera desnuda.

Su aliento se vuelve desigual.

—Lo sé. Puedo ayudar con eso.

—Gracias, Sedona. —Aunque me duele, la libero—. Pero no creo que sea una buena idea.

Ella esconde la confusión en su rostro. Se siente herida. Se dirige a la cama y se sienta con los brazos cruzados sobre el pecho.

—No puedes pensar en serio que no te deseo. —Mi maldita polla se balancea frente a mí como asentimiento de acuerdo.

Ella se encoge de hombros.

—No, quiero decir que jugar contigo no sería suficiente para mí. No si eres tú. Porque no estaría satisfecho con solo una noche.

Sedona sacude la cabeza, murmurando algo sobre los hombres y las opiniones exageradas sobre de su vigor.

—Una noche no sería suficiente porque yo querría más de ti. No sexo. No un juego. Te querría a ti. —Respiro hondo y le digo la verdad—. Si mi lobo estuviera listo para elegir a una compañera, escogería a una loba como tú.

—¿Qué?

—Amable. inteligente. Educada.

Una sonrisa juega sobre sus labios.

—Olvidaste decir sexy.

—*Muñeca*, no lo olvidé.

Ella se ríe, sus pechos rebotan ligeramente. Mi polla está tan dura que estoy sufriendo. Pero daría cualquier cosa por verla reír otra vez.

Me siento a su lado, dejando un espacio entre nosotros.

Mi corazón deja de latir cuando se me llenan los pulmones con su olor. Mi lobo parece contento de estar con su hembra. Tal vez pueda hacer esto.

Le golpeo el hombro con el mío.

—He cambiado de opinión. Vamos a divertirnos.

—No te burles de mí.

—No lo hago. Nunca. —Busco una ofrenda de paz y recuerdo el mango—. ¿Tienes hambre? —Recupero la fruta y separo un pedazo. Ella lo busca y yo sacudo la cabeza—. ¿Quieres jugar, muñeca? A ver cómo manejas este juego.

Le acerco el mango a los labios. Ella se aferra a la rigidez en su cuerpo por un momento, luego se inclina hacia adelante para morder la pulpa amarilla madura. Como era de esperarse, el zumo de la fruta gotea por su barbilla y cuello, cayendo sobre su pecho en riachuelos pegajosos. —Dios mío —exclama con la boca llena, con las manos volando para coger el jugo. Mastica gimiendo—. Esto es tan bueno... Los mangos no son tan ricos en los Estados Unidos.

—Es fresco. Tenemos una arboleda dentro de los confines de la hacienda con todo tipo de árboles frutales que dan almendras, aguacates, limones, limas, sapotes, papas...

—Mmm. —Ella se inclina hacia adelante y toma otro bocado—. Esta es una de las razones por las que siempre he querido viajar. Por la comida.

—¿No has viajado? —Pelo una nueva sección del fruto, sonriendo como un tonto mientras come.

Se lame los labios y mi visión se obnubila. Lo único que me impide reclamarla es mi satisfacción de verla comer. Mi lobo está contento, por ahora.

—Siempre quise salir, ver el mundo. Mis padres no me dejan. Son protectores.

—Tienen una buena razón —le digo suavemente dándole otro bocado.

—Solía pensar que mi nombre en honor a una ciudad de Arizona era una maldición. Como si nunca fuera a salir. Por supuesto, mi viaje terminó conmigo aquí, en esta celda.

—Saldrás de aquí a salvo, Sedona. Tendrás la oportunidad de viajar. Tienes mi palabra.

—Gracias. —Traga y fuerza una sonrisa—. Hasta entonces, voy a fingir que estoy atrapada en un *resort* con un desafortunado guardián de mazmorra. Por supuesto, el servicio de comida aquí es muy práctico. Es una broma —dice alzando las cejas. Está en este infierno conmigo y bromea. Ella es... *increíble*.

No puedo evitar inclinarme y besar el costado de su boca. Me retiro inmediatamente, pero su sabor perdura en mis labios, un poco de dulzura de mango.

—Perdóname, pero tenías algo. —Hago un gesto hacia su cara.

—Como dije —sonríe—. Muy práctico.

Sin más palabras, levanto el mango otra vez. Come como si estuviese famélica y se devora la pulpa tierna. Retiro el resto de la cáscara, la suelto a nuestros pies y voy rotando la fruta pegajosa hasta que se coma todo el interior naranja.

—Lo siento. No te guardé nada.

—Estoy bien, muñeca. ¿Quieres la semilla? —Me muero al ofrecérsela. Este juego está ganando sin tan siquiera intentarlo. No sobreviviré a la tortura de verla chupar la semilla, y sin embargo, todas las células de mi cuerpo me piden presenciarlo.

Sedona levanta sus cejas. —¿Qué haces con ella?

Se acabó. Tengo que mostrársela. Empujo la semilla entre sus labios y le follo la boca con ella.

Sus ojos se dilatan, los dientes la sujetan y raspan la pulpa restante de la semilla. Saco la semilla para que pueda tragar y suena sin aliento.

El destino me dirige ahora.

Su bonita lengua rosa se extiende desde su boca para lamer parte del jugo de sus labios.

—No creas que no sé lo que estás haciendo —dice.

—¿Qué estoy haciendo? —Mi voz es pura lava.

—Haciendo el amor conmigo con un mango.

Le devolví la semilla al lugar entre los labios.

—No, hermosa. *Eso* no es hacerte el amor con un mango. —Saco la semilla hacia fuera y la arrastro por su cuello, entre sus pechos. Sigo con mi boca, lamiendo el dulce rastro de jugo que deja—. *Esto* es hacer el amor con un mango.

Lo arrastro hasta su vientre, giro el lado plano de la semilla hacia arriba y lo froto entre sus piernas.

Grita y trata de cerrar sus muslos, pero hago un sonido agudo de desaprobación y se detiene.

«¡*Mierda!*» Realmente estoy haciendo esto.

Gime, meciéndose con la pelvis para rozarse con la fruta. Los dos jadeamos mientras la froto de un lado a otro sobre su hendidura; sus jugos se mezclan con los del mango. El sonido es resbaladizo, como el sexo. Saco la semilla de mango de repente y golpeteo su coño. Sus ojos se ensanchan y emite un gemido de necesidad.

—¿Necesitas que limpie mi desorden, nena? —La ataco con la semilla de mango otra vez. Nuestros ojos están cerrados, y espero que vea que he frenado al lobo lo suficiente como para hacer esto por ella. Mi polla comienza a ponerse extremadamente dura, pero complacerla es una necesidad que me alimenta como ninguna otra.

Su cabeza se tambalea asintiendo.

Doy las gracias al destino.

Me arrodillo junto a la cama y levanto una de sus piernas para colocarla en mi hombro. Aplanando la lengua, chupo el jugo de mango, limpiándolo hasta llegar a su esencia natural, ese sabor que hace que mi sangre bulla.

Aquí es donde pertenezco.

Es como si toda mi vida, que ha sido una gran crisis existencial permanente, se hubiera resuelto entre sus piernas. Complacer a mi mujer es lo que importa en el mundo. Me importan un *carajo* los ancianos, o incluso la mente que quería que esto sucediera. Probablemente lo estén viendo desde la ventana. Pero solo vivo para esos gritos de placer que vienen de la garganta de Sedona, la forma en que sus dedos se retuercen en mi cabello, instándome a seguir adelante. Hago que mi lengua se endurezca y la penetre, luego me muevo a su pequeño y dulce clítoris. Lo chupo, lo golpeteo, arremolino mi lengua alrededor de él.

—¿Así, hermosa?

—No —se queja, tirando de mi boca hacia su clítoris. Sonrío contra su carne, volviendo a mi deber.

Sintiendo su urgencia, le doy más, atornillando un dedo en su coño. Está apretada, increíblemente apretada, y gime en cada exhalación como si estuviera a punto de llegar. Retuerzo el dedo para llegar a su pared frontal, palpo hasta encontrar el lugar donde el tejido se arruga al tocarlo: su punto G.

Ella grita frotando el coño sobre mi cara mientras sus músculos me prensan el dedo en una liberación singularmente gloriosa.

Como para puntuar el final del espectáculo, la luz de la celda se apaga bruscamente.

CAPÍTULO TRES

Sedona

Como si no estuviera lo suficientemente mareada por mi orgasmo, los cabrones nos apagaron las luces. Se vería todo negro para un humano, pero como los cambiantes podemos ver en la oscuridad, no estoy completamente ciega.

Deben de haber decidido que es nuestra hora oficial de acostarnos. Me aferro a la cabeza de Carlos porque necesito algo real y sólido para estabilizarme.

Carlos murmura una maldición y me baja la pierna del hombro. Me traza los muslos con las palmas hasta que llega a mi cintura.

—¿Estás bien, ángel?

—Sí. —Parezco mareada. Bueno, es normal después de un orgasmo.

Sus palmas sobre la curva de mis glúteos me tocan ligeramente hasta que les da un apretón.

—Está bien —se despeja la garganta—. Debería

dejarte dormir. Yo voy a dormir en el piso.

Se pone de pie y mi estómago se estremece ante la pérdida de su calor.

—No me importa compartir la cama.

—Oh, *muñeca*. Mataría por compartir una cama contigo, pero terminaría atacando ese dulce coño hasta que las luces vuelvan a encenderse. Así que no.

Dios mío, sabe cómo decir obscenidades. Sus palabras resuenan en mi piel, dejando rastros de calor cada vez que habla. La celda sigue girando desde el mejor cunnilingus de mi vida.

No es de extrañar que se ofendiera cuando sugerí que solo nos divirtiéramos. Un hombre como Carlos, en la cama, da todo lo que tiene y se lleva todo a cambio. Es un alfa total. Dominante. Exigente. No tenía idea de que ese tipo de cosas me encendían, pero sí.

A pesar de que dijo que iba a dormir en el piso, sigue parado al lado de la cama, mirándome fijamente como un hombre hambriento. Su erección es imponente y larga, curvándose hacia sus abdominales marcados como una tabla de lavar.

Me relamo los labios, el sabor del mango sigue siendo dulce en ellos.

—Tal vez… debas liberar la presión. Ya sabes, con la mano.

Carlos exhala audiblemente. Como si hubiera estado esperando permiso, inmediatamente empuña la polla.

—Recuéstate, muñeca. Muéstrame lo que no voy a tener.

Debe de tener una cualidad masoquista junto con la arrogancia de macho dominante.

¿Pero quién soy yo para negárselo? Acaba de darme el mejor orgasmo de mi vida. Me acuesto en la cama y me tomo los pechos.

Gruñe y empieza a bombear su gruesa polla.

—¿Vas a dejar que te pinte con mi simiente, muñeca?

—Sí —susurro antes incluso de saber qué responder.

—Loba dulce —murmura.

Me pongo los dedos entre las piernas y me acaricio el coño.

Los gruñidos de Carlos llenan el calabozo. Envalentonada, me arrastro, me siento en mis talones y abro la boca. Carlos golpea en mi lengua la cabeza de su polla mientras la sacude .

—*Carajo,* Sedona. Esa lengua ha sido mi tortura.

Envuelvo mis manos alrededor de su puño y me meto la polla en la boca, cerrando los labios alrededor de su circunferencia y acariciando la parte inferior con la lengua.

—Oh, *joder* —se queja. Chupo más fuerte y balanceo la cabeza hacia adelante y hacia atrás sobre toda la longitud —. Cariño, sí. Tan dulce. —Me mete los dedos en el pelo y luego los cierra, deteniendo mi cabeza con un suave tirón.

—Qué buena chica —dice mientras empuja lentamente la polla en la boca. Me tenso, sabiendo que no puedo soportar todo el tiempo. Se detiene a mitad de camino y se relaja, luego repite la acción—. Mmm… qué bueno. —Su voz es profunda y áspera—. No puedo creer que me ofreciste tu boca sexy. He estado queriendo besarla desde el momento en que te vi, Sedona. Ahora me la estoy follando.

Mi coño se aprieta. Quiero que me folle, pero sé que es una mala idea. Arremolino la lengua alrededor de su polla, dando una larga succión.

—Suficiente —espeta. Suena molesto y sus cejas se han levantado firmemente. Me quita la boca tirando de mi cabello y me empuja sobre mi espalda—. Tócate a ti misma.

Aquí no hay discusión. Mi coño se está muriendo por

la segunda ronda. Me cubro el pubis empujando el talón de la mano contra el clítoris y ondulando los dedos sobre el resto.

Carlos ruge y el esperma sale de su polla disparado en ráfagas que me cubren los pechos, el vientre y los muslos. Me pinta con él, como si le diera placer ver mi piel decorada con su semilla. Me arqueo en la cama, mis pechos empujan hacia el techo, las rodillas caen abiertas. Quita mi mano del camino y me da chasquidos cortos y certeros sobre el clítoris. No entiendo cómo sabe que algo así me satisfará, pero sí. Es exactamente la intensidad correcta, la velocidad correcta, la sensación correcta. Luces parpadean ante mis ojos mientras exploto en un segundo orgasmo, retorciéndome en éxtasis y agonía en la cama.

—Sedona.

«Diablos, me encanta la forma en que dice mi nombre».

Se cae encima de mí, clavándome las muñecas, exactamente como me había imaginado, y me entierra la cara en el cuello.

—Hermosa loba. ¿Qué voy a hacer contigo? —Me muerde el hombro, me chupa el lóbulo de la oreja.

«Quédate conmigo para siempre».

Pero eso es ridículo. Solo porque un lobo te dé un buen orgasmo no significa que sea mi compañero.

No, él no puede evitarlo porque estamos encerrados desnudos en una celda, juntos y durante la luna llena. Y Dios sabe que cuando salgamos, no volveré a querer verlo.

Sí, eso es mentira, pero no quiero examinar mis sentimientos sobre el tema. Ahora no, de todos modos.

Cierro los ojos y respiro el olor de Carlos. Es como el aire libre. Limpio y delicioso.

Me suelta las muñecas y se instala a mi lado en la cama. Me meto con él, acepto su brazo como mi almohada. Mi nariz se frota contra la piel lisa de su pecho. Mi loba se relaja. En su opinión, estoy totalmente a salvo con él.

No sé cómo llegamos de la situación de secuestro a esto, pero voy a disfrutarlo mientras pueda.

~.~

Carlos

Sedona se queda dormida en mis brazos y es imposible para mí descansar. Su olor está en mis fosas nasales, su piel desnuda tocando la mía. Estoy duro de nuevo en minutos. Cierro los ojos y me distraigo meditando sobre los ancianos. No he prestado atención a los problemas que he visto desde que regresé a Monte Lobo este mes. Las cosas parecían estar mal, pero no quería pensar lo peor del consejo. Estos hombres se convirtieron en mi modelo a seguir cuando mi padre murió. Apoyaron mi educación, me animaron a extender mis miras. O eso pensé.

En ese momento, había estado agradecido de irme. Mi madre se estaba volviendo loca por la muerte de mi padre y yo era demasiado joven para asumir el papel de alfa. Los ancianos se acercaron para cuidarla, y me sentí aliviado de no tener que verla sufrir día tras día.

Ahora veo que me estaban sacando de su camino. No me di cuenta de lo locos que estaban hasta que planearon esta artimaña.

Cuando llegué a casa hace tres semanas para tomar mi lugar como alfa, les presenté las ideas en las que trabajaba mientras recibía mi MBA. En esta manada, el alfa no actúa solo, debe ganarse el apoyo del consejo primero. Siempre ha sido así.

Los ancianos postergaron la mayoría de mis sugerencias. Tenían un millón de razones por las que cada uno de mis cambios no funcionaría. Me instaron a volver a salir al mundo y traer de vuelta a una compañera. Ellos se ocuparían de los negocios aquí como de costumbre. Como lo habían hecho durante años.

Me sentí frustrado, pero pensé que necesitaba un poco más de tiempo para probarme a mí mismo como alfa. Me dije que eran hombres razonables e inteligentes y que querían lo mejor para la manada. Pero ignoré mi instinto, que me dijo que el consejo había dejado que el poder nublara su visión.

Esta trampa lo demuestra. ¿Comprar a una mujer norteamericana secuestrada y mantenerla prisionera? ¿Están locos? Ella tiene una familia que seguramente buscará venganza y esta manada está mal preparada para la guerra.

Y ahora sé lo que piensan de mí como su líder. No soy más que un joven semental viril para repoblar la línea de sangre de Monte Lobo. Un títere o un representante sin poder para que los campesinos sigan trabajando mientras toman decisiones que solo les benefician a ellos.

He sido un maldito tonto. Me mantuve ciego a esta situación porque preferí no verla. Igual que preferí no volver. Desde la muerte de mi padre y la enfermedad mental de mi madre, el ambiente en la hacienda se volvió opresivo, pero decidí no averiguar el porqué y arreglarlo. He fallado y ahora Sedona está atrapada en medio de una horrible jugada de poder.

Sedona suspira y se frota la nariz en los vellos de mi pecho. Mi polla se estira aún más.

Tal vez debería volver a descargarla. La imagen de derramar mi esencia sobre sus hermosos pechos ocupa mi mente, y todo se va al demonio. Antes de darme cuenta, Sedona está clavada debajo de mí, y mi polla forcejeando en la muesca entre sus piernas. Su coño se humedece al contacto con mi grueso miembro, su culo presiona mis genitales, suave y acogedor.

El impulso de penetrar su coño apretado y satisfacer a mi lobo es tan grande que apenas puedo razonar. «Quítate de ella. Ahora».

Me tiro a un lado, jadeando como si hubiera corrido una milla.

—Átame —bramo—. Ponme las esposas, muñeca, o tu inocencia no sobrevivirá la noche. —Estiro el brazo y coloco una muñeca en el grillete, luego hago lo mismo con la otro mano—. Hazlo —espeto.

Sus manos tiemblan mientras ambas partes de los grilletes encajan cerrándose donde deben, lo que me mata.

—Lo siento. Lo siento, Sedona. No era mi intención. —Madre de Dios, casi reclamo a la chica.

—Está bien. —Su voz es temblorosa. Se ha puesto de rodillas, el pelo glorioso le cae por los pechos. Ella me mira fijamente—. ¿Qué te hace pensar que soy inocente?

—Me dijiste que no habías estado con ningún lobo.

—No soy una mojigata. Y odio la palabra *inocente*.

Estiro las palmas esposadas.

—Lo siento. —No puedo decidir si su respuesta fue provocada por su hembra alfa para no admitir debilidad alguna o si realmente es virgen.

Me mueve la oreja con el dedo.

—No tengo mucha experiencia. Eso no significa que no me guste el sexo.

Oh, demonios. ¿Tenía que decir eso? De repente quiero averiguar cada cosa que le gusta al respecto. Pero cualquier cosa que le haga en esta celda sería similar a la violación. Está aquí contra su voluntad. Gracias al destino estoy esposado y ella está a salvo de mí.

Sedona se humedece los labios con la lengua y mis caderas se abren en respuesta. Ella capta el movimiento, pero en lugar de asustarla, la hace sonreír.

—Creí que nos habíamos ocupado de esto —dice, y agarra la base de mi polla y la sacude.

Me quejo.

—Siéntate en mi cara —le ruego. Necesito satisfacerla de nuevo, necesito probar su néctar.

—No lo sé —dice con voz burlona—. No estoy segura de que te merezcas este coño después de la forma en que acabas de intentar atacarme.

¡Joder! Si se pone sobre mí, voy a azotar su culo hasta ponerlo rojo cuando me libere de estas esposas.

Y ese pensamiento no hace nada para aliviar a mi miembro palpitante. Me encantaría tener a esta loba boca abajo sobre mi regazo, retorciéndose mientras le administro un poco de dolor y placer. Una corrección por tomar la iniciativa cuando eso me pertenece.

—Cariño, será mejor que no me estés ocultando ese coño. Necesito probarlo. Ahora, muñeca.

La curva de los labios de Sedona y sus párpados caen. Se arrastra hacia arriba y se sienta a horacjadas en mi cara.

—¿Este coño?

Le golpeo el clítoris con la lengua.

—Este coño. —Es una tortura no poder usar mis manos, porque quiero agarrar ese exuberante culo y tirar de sus caderas hacia abajo en el ángulo perfecto, pero tengo que conformarme con posicionar bien la cabeza. La tengo a mi merced por un momento, pero ella levanta las caderas, alejándose cuando se vuelve demasiado intenso. Puede establecer el ritmo, lo cual me vuelve loco.

—Pon ese coño de nuevo sobre mí —gruño, infundiendo absoluta autoridad en mi voz.

Su excitación inunda sus pliegues mientras obedece, y yo chupo, jugueteando con mi lengua y arremolinándola sobre su clítoris.

Ella se agarra a mi polla de nuevo y yo me estremezco, casi llegando al éxtasis.

—Supongo que debo corresponderte.

—No, hermosa. Esto es para ti.

Me ignora y se inclina hacia abajo, poniendo su boca sobre mi polla.

Grito y chasqueo la lengua sobre el clítoris como si mi vida dependiera de ello. Ella desliza su boca mojada y caliente hacia abajo, más abajo y más abajo, disminuyendo la velocidad cuando llega a la parte posterior de su garganta, y luego otra vez.

—*Carajo... carajo.* Nena, dime que nunca te folló tan profundamente ninguno de esos chicos humanos tuyos.

—¿Te gusta eso? —ronronea, pero levanta las caderas de mi boca y se aleja de mí.

—¿Qué estás haciendo? Vuelve aquí —exijo.

Se asienta entre mis piernas y sonríe.

—No estoy segura de que esté en posición de dar órdenes, señor.

Doy tirones a las cadenas que me sujetan las muñecas y ella se ríe.

—Sedona, hay consecuencias para las lobas que se burlan.

Su sonrisa se hace más amplia.

—¿Ah, sí? —Ella deja caer la cabeza para tomar mi polla entre sus labios de nuevo y cierro los ojos. La sensación es demasiado placentera para soportar. Ella continúa su burla, practicando sus habilidades de garganta profunda a su propio ritmo, a veces retirándose con arcadas, pero luego regresa inmediatamente.

Mis caninos se alargan, mi lobo está listo para marcarla. Cierro la boca y aparto la cara, no quiero me vea y se asuste. No es que mi Sedona muestre miedo. Teniendo en cuenta que ha estado secuestrada y prisionera desde hace días, su resistencia es sorprendente. Los gruñidos resuenan en mi garganta y no puedo evitar que levantar las caderas y empujar la polla en su boca.

—Uh-uh. —Ella se retira por completo y sopla en mi polla mojada—. ¿Quién dirige este *show*?

Me golpeo la cabeza de lado a lado. Si trato de hablar, saldrá un gruñido.

—¿Necesitas algo de tiempo para refrescarte?

—No —digo apresuradamente a través de los dientes apretados.

Se ríe, disfrutando a fondo de mi miseria, y vuelve a poner su boca sobre mi polla. El contraste del aire frío y ahora su calor húmedo me envía a un paroxismo de placer. Gruño, empujando sin control hacia arriba en su boca mientras el orgasmo se dispara.

—Me corro —le advierto, y ella se retira y posiciona mi polla de modo tal que mi esencia le pinte sus hermosos pechos por segunda vez esta noche.

Usa mi polla para distribuir el semen en sus pechos, luego me la exprime entre ellos, dejándome follarlos unas cuantas veces antes de liberarme con una sonrisa de satisfacción.

—Ángel, te castigaré por eso —gruño.

Sonríe.

—Estás asumiendo que voy a dejar que escapes de esas esposas.

Cierro los ojos con exasperación, pero una sonrisa

juega en mis labios. Nunca he experimentado esta ligereza en mi pecho, en mi ser. Toda mi vida ha sido oscuridad. Incluso mi tiempo fuera de este lugar lo utilicé para el estudio serio, la dedicación, el trabajo duro y el logro. Y siempre llevaba la carga de Montelobo. Pero ahora, en este momento, con la sonrisa burlona de Sedona, juro que podría flotar fuera de la cama.

Pero no es mía, y si deseo ser una pareja digna de ella, necesito averiguar cómo liberarla antes de que sea arrastrada a mi lado.

~.~

ANCIANO DEL CONSEJO

Es TARDE, pero estoy con los otros cuatro miembros de nuestro consejo fuera de la puerta de la celda de la prisión. Ninguno de nosotros dormirá esta noche. Si Carlos no reclama a la loba norteamericana bajo la influencia de la luna llena, la comunión entre ambos será mucho más difícil de asegurar.

Están muy unidos y juguetones, pero no habíamos contado con que él usara los grilletes para sí mismo.

—Tal vez deberíamos volver a encender las luces, para asegurarnos de que no duerman —sugiere José. Había ordenado que las apagaran hace una hora pensando que los liberaría de cualquier represión. Aunque receptiva, la loba parecía ser inexperta. Pero ahora no lo parece.

—Comida —sugiero—. Vamos a enviarles comida. Y vino. —Tal vez Carlos pida que le quiten los grilletes para comer. Ya se preparó un plato con la expectativa de que Carlos exigiría más para comer, así que lo recojo—. Juanito, empuja esto a través de la puerta de servicio.

El chico cumple. Vierto vino en un vaso de plástico. Usaríamos algo más romántico, pero no podemos arriesgarnos a que ninguno de ellos use nada como un arma el uno contra el otro o contra nosotros, así que el plástico ligero es lo mejor que podemos ofrecer.

La loba se acerca para investigar. Es espectacular. A juzgar por la forma en que nuestro pequeño grupo de machos ancianos se aprieta alrededor de la puerta, no soy el único que encuentra que su libido ha regresado cuando se enfrenta a un símbolo de la fertilidad de los cambiantes. Es realmente un premio. Si no fuera tan viejo, la reclamaría como mía. Lucharía contra todos los miembros del consejo para hacerlo también. Eso es lo que me preocupa. Si ella inspira demasiado a Carlos, cuando lo liberemos, él estará fuera de sí.

~.~

Sedona

Nunca me había puesto tan caliente durante la luna llena, pero estoy locamente excitada en este momento. Pensé que solo les afectaba a los cambiantes masculinos. Y sí, a Carlos definitivamente le está costando mantener a su lobo bajo control. Lo veo brillar en sus ojos. El marrón chocolate profundo parpadea con luces ámbar.

—¿Tu lobo es todo negro? —No se lo pude decir antes, cuando estaba destrozando la celda tan deprisa.

—Sí. Ven aquí —retumba Carlos—. Y envuelve sus piernas alrededor de mi cintura, arrastrándome hasta su cuerpo.

Me alejo de él, saliendo de su pierna con una risa. ¡Oh, señor! quiero pelear. Mi loba también está saliendo, y necesito correr y ser perseguida, para ser puesta en el suelo y retenida para que me reclame.

Carlos gruñe con desaprobación.

—Por aquí. —Me encanta su tono mandón. Es puro comando alfa. Si fuera mi padre o hermano, sería molesto. Pero si es él, es ultrasexy.

Me deslizo cerca, y lamo una línea de sus abdominales de seis músculos.

Un estruendo de frustración suena en su garganta.

—¿De qué color es tu loba, Sedona?

—Blanco.

—Claro, por supuesto

Vuelco mis ojos.

—¿Por qué «por supuesto»?

—Realmente eres un ángel. Blanca y pura. No como yo. Un alma tan libre no pertenece a la oscuridad.

—Carlos... —Siento el peso de todo lo que cae sobre sus hombros y una vez más estoy enfadada en su nombre. Recorro con las uñas su pecho esculpido—. No tienes que ser oscuro.

Pellizco uno de sus pezones y gruñe.

—¿No? —Hay duda tiñendo esa palabra—. Creo que jamás he conocido algo diferente.

—Bueno, eres un lobo inteligente. Estoy segura de que podrías aprender.

Su sonrisa es triste, pero su mirada es cálida, como si fuera un niño que acaba de decir algo dulce pero imposi-

RENEE ROSE & LEE SAVINO

blemente ingenuo, como si yo quisiera darles un chicle a los niños hambrientos en África.

—¿Por qué no? —presiono.

—Ojalá pudieras mostrarme cómo —dice con nostalgia, como si supiera que no puede retenerme.

Por un momento no puedo respirar, sus palabras me estrangulan. Tiene razón, no me quedaré. Sus problemas no son míos. Excepto que hay una fuerte astilla de pánico corriendo desde mi ombligo hasta mi plexo que dice que no quiero dejar a este lobo.

—No me necesitas. —Obligo a las palabras a pasar por delante del nudo en mi garganta—Tienes un MBA de Harvard. Apuesto a que tienes todo tipo de ideas sobre cómo modernizar este lugar. —Mis palabras suenan planas porque sé que la luz y la oscuridad son mucho más que modernización. Es el alma del lugar, el estado mental de los ocupantes. Algo le ha hecho creer a Carlos que no puede cambiar las cosas—. Te diré qué puedes hacer. Me sacas de aquí y te escribiré. —Siento otro centelleo loco en mi vientre ante la idea de ser sedada.

—¿Me enviarás tus hadas, Sedona?

—Sí. Solo prométeme que no se las mostrarás a nadie.

—Será mi secreto, aunque estoy seguro de que quiero mostrar tu talento a todos los que conozco.

Mis mejillas se calientan. Sabe cómo complacerme.

—Si honro tu petición, hay algo que debes prometerme.

Un sonido de raspado junto a la puerta me levanta la cabeza con un chasquido. Un plato de plástico con comida aparece a través de la pequeña ventana de servicio en la base de la puerta, junto con un nuevo vaso de plástico. Raciones de prisión. Carlos usa la cadena en sus muñecas para balancearse y para sentarse, con sus cejas fruncidas.

Me levanto y acerco la mano para coger la mercancía.

La copa contiene vino tinto. El plato tiene una variedad de frutas cortadas, galletas, queso y chocolate. Incluso hay un puré de aguacate con nueces de pistachio y un queso desmenuzado blanco. Repentinamente hambrienta, sumerjo una galleta en el puré y la muerdo.

—La cena está servida. —Vuelvo caminando, con la comida y el vino en mano—. ¿Ves? La hospitalidad aquí no es tan mala.

Murmura algo en español.

—Parece que puedo alimentarte yo esta vez. —Agarro el vino y me acerco a él en la cama.

—Um. No. Desátame ahora.

Es hilarante lo firme que es Carlos. Soporta que le haga una mamada, pero aparentemente que le de comer cruza un límite.

—Lo siento, Charlie. —Mis pezones se endurecen mientras llevo una galleta con aguacate hasta sus labios. Hay algo excitante en servir a un lobo alfa desnuda.

Sus ojos de color marrón oscuro se encienden.

—Debería estar alimentándote yo —se queja. Pero su erección sobresaliendo demuestra que esto también le pone caliente.

Pongo mis ojos en blanco.

—Eres tan anticuado.

Arquea una ceja.

—Mira dónde crecí.

Le pongo otro bocado con salsa en la boca y observo sus labios llenos mientras mastica.

Me arrodillo a su lado, amando la forma en que sus ojos se entretienen en mis pechos.

—Háblame de este lugar. ¿Cómo es? ¿Cómo te convertiste en alfa?

Su expresión se nubla.

—Es... terrible —admite—. Estoy completamente

aislado del mundo moderno. No por ser pobre, sino por lo contrario. Tenemos minas de oro y plata, y esta es parte de la razón por la que nuestros antepasados están aislados, para mantenerlo en secreto. Pero los métodos de la minería son antiguos e inseguros. La mayor parte de la manada sobrevive gracias a la agricultura de subsistencia y los bajos salarios de la mina. También tenemos parcelas de caña de azúcar, un poco de café y cacao. Todas las ganancias van a mi familia y al consejo, que viven en esta gran hacienda.

—La manada está dirigida por el consejo, ¿no?

—Sí, exactamente así. No sé cómo surgió, pero siempre ha habido un consejo que toma las decisiones finales. El alfa es más bien un títere.

—Bueno, creo que tu consejo apesta.

—Tienes razón. —Su voz es grave. Le doy de comer un trozo de naranja en forma de estrella.

—¿Por qué volviste? —Creo que lo sé. Es un alfa natural, lo que significa que no eludiría la responsabilidad, especialmente por los débiles que podrían depender de él. Pero quiero oír lo que dice.

—Ya sabes —ríe sin ganas—. Si no fuera por mi madre, tal vez no lo hubiera hecho. Y a veces ni siquiera estoy seguro de que ella sepa que estoy aquí.

Espero a que me cuente la historia.

—Ella padece demencia desde la muerte de mi padre. La pobre mujer no pertenece aquí. Fue entregada como regalo a mi padre. Provenía de una manada de la costa y, aunque amaba a mi padre, nunca vino a Monte Lobo.

—¿Fue dada como un «regalo»?

Carlos asiente.

—¿Estaba obligado a casarse con alguna princesa medieval? ¿Qué es esto, la Edad Media? —digo—. Y yo que pensaba que la política de citas de mi padre era anticuada.

—Monte Lobo es una fortaleza contra el tiempo y contra los humanos. La mayor parte de la manada vive como siervos.

—Déjame adivinar. El consejo lo mantiene así. —Me paso la mano por el pelo—. Este lugar es un caos. Ahora me explico cómo estos idiotas piensan que pueden raptarme en una playa y presentarme a su alfa.

Carlos hace una mueca de dolor.

—Sé que suena a barbarie. —Su expresión se vuelve melancólica—. Nunca condenaría a una mujer a una vida que odia.

No puedo decir si está hablando sobre lo que hizo su padre o haciéndome una promesa, pero un escalofrío corre por mi piel.

Tomo una gran trago de la taza de vino. No soy una gran bebedora, pero mi hermano dirige un club nocturno. El vino es caro, delicioso. Calienta todo mi cuerpo. Trago más y lo llevo a los labios de Carlos.

—¿Qué querías que te prometiera?

Toma un sorbo y un goteo cae por su barbilla.

Lo lamo, riendo cuando su polla se balancea en respuesta.

—A cambio de mis hadas —le recuerdo con voz seductora.

—No quiero que este suceso te traumatice. Eres una loba extraordinaria. Tienes mucho que disfrutar de la vida, y mucho que dar.

—Gracias.

—Prométeme que cuando seas libre no tendrás miedo. Aún tomarás tus decisiones. Viaja como querías. Olvídate de este momento. Olvídate de mí.

—Prometo que viviré sin miedo, pero no podré olvidar —susurro. Esta vez no. No a él. En el fondo sé que digo la verdad. Lo conozco desde hace unas horas pero, de alguna manera, ya es parte de mí.

—Ven aquí. —Levanta la barbilla y mira mis labios.

Sé que quiere un beso, pero no puedo resistir la tentación de sentarme a horcajadas en su regazo primero, luego inclinar los labios sobre los suyos.

Gruñe, dibujando mi labio inferior en su boca, tomando el control de nuevo, incluso con las muñecas atadas. Sabe a vino y fruta. Su vello facial se frota contra mi cara mientras inclina la cabeza y me domina con su beso, la lengua barriendo entre mis labios.

Mi respiración se acelera, el calor líquido se acumula entre mis piernas. Me quejo y froto el clítoris sobre su polla erecta. Su lengua se hermana con la mía. Me pregunto si este es el tipo de besos que da en las citas y estoy inmediatamente furiosa con todas las chicas con las que ha tenido sexo. Como si una de ellas estuviera aquí ahora, esperando para quitármelo, le abrazo alrededor del cuello, presionando mis pechos contra su torso musculoso.

Nunca me he sentido tan bien en mi vida. ¿Sería lo peor del mundo tener sexo con él? Es un lobo alfa, un magnífico amante. Pero no alberga ninguna ilusión de mantenerme. Se despidió, por el amor de Dios.

El vino está surtiendo un efecto mágico junto con la lengua de Carlos, que se desliza dentro y fuera de mi boca al mismo ritmo que me muevo sobre su polla.

Un sonido perverso sale de mi boca. Lo quiero. Mi loba lo quiere. Me pongo sobre él y le agarro. Carlos rompe el beso. Lo veo encadenado con su lobo, los ojos cambian de marrón chocolate a ámbar y de vuelta al marrón.

—No lo hagas —gruñe.

Me congelo. Esperaba aliento. Bueno, me dijo que

tomara mis propias decisiones. Alineo su polla en mi entrada y la froto con mis jugos.

Sus ojos se ensanchan, casi con pánico.

—Sedona.

—¿Qué?

—¿Qué estás haciendo, ángel?

Pongo las caderas hacia adelante e introduzco unos centímetros de su polla en mi canal. Es enorme y yo estoy apretada, así que siento un estiramiento de momento.

Carlos tira de las esposas como si quisiera detenerme.

—Por favor —me quejo—. Necesito esto.

—Sedona, me estás matando.

Me retiro y me siento sobre mis talones. Su enorme polla ha quedado delante de mí, invitándome a que la toque. Envuelvo mi mano alrededor de ella y se queja.

—Te quiero a ti —le digo mirándole a los ojos—. Quiero esto.

—No sabes lo que estás haciendo —dice mientras caen gotas de sudor de su frente y trata de calmar su respiración.

—Sí, lo sé. Tú mismo me lo dijiste. Es hora de que empiece a vivir mi propia vida y tome mis propias decisiones. —Me inclino sobre él—. Esto va a suceder.

Cierra los ojos.

Recojo la llave de las esposas. He decidido perder mi virginidad y probablemente será una experiencia mucho mejor si está libre, ya que él es el que sabe lo que está haciendo.

Empiezo a abrir las esposas y sus ojos se abren.

—¡No!—ruge. Hay una urgencia en su voz que hace que mi loba se siente y escuche. Tengo una respuesta biológica a su comando alfa. Mi coño se derrite, mi cuerpo se debilita con la sumisión. Pero eso solo me hace querer esto más—. No me desencadenes. No estás a salvo.

—No quiero estar a salvo —le recuerdo—. No estoy bromeando. He tomado mi decisión. No voy a dejar que alguna autoridad masculina me condicione.

Tengo una de sus muñecas liberadas. En el momento en que su mano sale libre, me arrebata la nuca y me tira la boca a la suya. Su lengua se hunde antes de que pueda recuperar el aliento. Domina mi boca, castigándome con un beso duro y exigente.

Pero cuando se acaba, se sacude la cabeza y me mira con sus ojos ámbar oscuro brillando.

—No puedo —dice—. No es seguro.

Pero mi loba necesita esto tanto como su lobo. Ha decidido que lo va a tener. Mis dedos tiemblan al soltar el segundo brazalete de su muñeca.

Carlos es libre.

Se abalanza por mí. En un instante, estoy de rodillas con mis hombros en el suelo. Carlos ataca mi coño con la boca, hambriento, devorando. Me chupa y me mordisquea los labios, succiona mi clítoris y tira con fuerza.

Grito, de nuevo inclinándome sobre el colchón.

—*Joder*, Sedona —gruñe, azotándome el culo y apretando mis nalgas con la firmeza suficiente para dejar marcas. Su intensidad satisface la necesidad ardiente que hay dentro de mí.

Arrastra su boca abierta por mi barriga y engancha sus labios sobre el pezón, mordiendo y chupándolo fuerte.

Me arqueo, mi coño se contrae mientras siento el calor de su lengua todavía allí.

—Por favor —me quejo. No necesito juegos previos. De hecho, moriré si me excita más. Necesito satisfacción. Sin lengua. Sin dedos. Mis instintos gritan para que lleguemos al orgasmo. Lo único que quiero es sentir la dura longitud de su polla moviéndose entre mis piernas.

Carlos me suelta el pezón y me sorprende abofeteando el mismo pecho que acababa de besar.

—Oh —Ni siquiera sabía que eso era algo que se hacía, pero me encanta—. Carlos, por favor. Estoy lista.

Me vuelve a dar una sacudida en el pecho. Sus cejas se fruncen. Pasión, hambre, naturaleza animal pura arde en sus ojos. Ira, también, porque todavía está trabajando duro para mantener a su lobo en jaque.

—Tomarás lo que yo te dé, muñeca. Te dije que no me soltaras. De hecho, creo que te espera un pequeño castigo.

«¿Qué?» Doy un respingo sobre los codos.

Me agarra, se da la vuelta y se sienta a un lado de la cama, arrastrándome sobre su regazo. Me da tres azotes antes de que pueda moverme el trasero.

—Esto es por burlarte de mí, mi amor.

Oh, está encendido. Mi loba quiere luchar, solo para sentir su dominio. Si estuviéramos en forma de animal, me estaría persiguiendo por el bosque ahora, mordisqueando mis flancos.

Sigue azotando.

—Y esto es por no escuchar. Los grilletes eran por tu seguridad.

¡Oh, señor! Mi trasero arde, pero me siento muy bien. Una vez más, es exactamente la intensidad que anhelo. Necesito este dolor, necesito algo para aliviar la presión que hay dentro de mí.

Debido a que mi loba desea el juego, pateo y trato de escabullirme de él, pero es rápido. Coloca su pierna sobre la mía y me sujeta las muñecas a la espalda. Me encanta sentir su poder físico, lo fácil que me mantiene en el lugar para castigarme. Me abofetea el trasero. El calor que me producen sus nalgadas es maravilloso. Embriagador.

—Sobreestimas mi control, muñeca. ¿Crees que puedo darte lo que deseas sin destrozarte?

Destrozarme suena un poco aterrador, pero todavía tengo fe en él. No perderá el control. No cuando se preocupa tanto por mantenerme a salvo.

—Joder. Este trasero... —Supongo que es un cumplido. El tono barítono de su voz resuena en mis partes femeninas. Me da una azote en una nalga y luego en la otra—. Esta hecho para darle palmadas.

Tiemblo, la idea de la verdadera disciplina en sus manos haciendo algo extraño se desliza en mi vientre. Los lobos están, por naturaleza, gobernados por el dominio físico. La corrección corporal rápida entra dentro de la manada, y también entre los socios. Los lobos sanan rápido, así que no hay daño. Es el juego del dominio para restablecer quién está en la cima. Nunca le he tenido miedo, pero nunca supe que sería tan emocionante, sexual y placentero. O tal vez sea así con Carlos. O durante la luna llena.

Pero no, sé que la necesidad de tenerlo entre entre mis muslos no tiene nada que ver con la luna llena. Solo quiero ser dominada por este lobo sexy y tener mis nalgas enrojecidas por su mano grande y poderosa.

Aprieto los muslos, tratando de aliviar el latido de mi sexo hinchado. Carlos me azota con un ritmo constante. A medida que el dolor comienza a aumentar, aprieto mi trasero y me retuerzo sobre su regazo, tratando de esquivar las bofetadas.

—Carlos —jadeo. Siento hormigueo y escozor.

—Sedona. —Su voz grave sigue siendo áspera. Me atrapa la parte posterior del muslo, donde la carne es más tierna.

—¡Oh!

Su erección sobresale en mi cadera, torturándome con su cercanía, igual que lo torturé yo antes.

—Por favor —le suplico.

Me coge del pelo con su mano y me levanta la cabeza.

—¿Crees que tengo algún control cuando estás moviendo este jugoso culo por todo mi regazo?

—Más —jadeo roncamente.

Gruñe, un sonido rico que retumba en su pecho y hace que los dedos de los pies se me retuerzan. Cuando empieza a azotarme de nuevo, las bofetadas son aún más fuertes, pero mi carne, ya caliente, parece dar la bienvenida a los golpes. Todavía me retuerzo bajo la embestida y uso mis mejores instintos para tratar de evitar el dolor, incluso cuando mis partes íntimas lo acogen con beneplácito.

—Carlos. —La necesidad hace que mi voz de deshaga.

—Así es, hermosa. Di mi nombre. —Me coge la parte posterior del muslo, haciéndome llorar—. Dilo de nuevo.

—¡Carlos!

Él aumenta tanto la velocidad como la intensidad de sus bofetadas, por lo que los golpes caen uno después del siguiente, rozando cada centímetro de mi trasero.

—¡Ouch, Carlos! ¡Oh, por favor! Oh... oh! —Es demasiado. Levanto el trasero para coger su mano; la humedad gotea de mi coño a través de mis muslos.

—Por favor, ¿qué? —Está jadeando tan fuerte como yo.

Muevo los pies y me monto en su regazo, loca por que me dé más, o menos, por todo.

Hace una pausa, luego me da una bofetada más y me levanta para sentarme sobre él. Separa las rodillas, arrastrando y abriendo mis piernas, que estaban enredadas sobre la parte superior de las suyas.

—¿Todavía quieres más, Sedona? —Su aliento es abrasador—. Vas a tener este coño azotado. —Envuelve un brazo firme alrededor de mi cintura y baja la mano entre mis piernas.

—¡Ooh, ooh! —chillo, pero dejo las rodillas abiertas.

Vuelve a dar una bofetada. Con su otra mano, me aplasta un pecho, masajeando demasiado fuerte. Después de la tercera nalgada contra mis pliegues, están goteando, prácticamente sollozo con necesidad. Afortunadamente, sus dedos se quedan en mi pubis. Me retuerzo contra ellos. Mete un dedo y agarro su mano e insto a que llegue más profundo.

—Está tan mojado por mí —gime como un hombre roto—. Imposible de resistir.

Lucho, la necesidad me pone impaciente. Sin embargo, la lucha satisface todo. Me las arreglo para escapar de la postura y él me ataca en la cama, cogiendo mis muñecas y aplastándolas con una mano sobre mi cabeza.

Se levanta sobre mí. La determinación oscura lucha con su lobo salvaje en su expresión.

Extiendo las piernas y curvo la pelvis mientras él asienta sus caderas sobre las mías. Estira una mano hacia abajo para agarrarse la polla mientras el dolor se refleja sobre su cara como si estuviera luchando por el control.

—Sí, sí, Carlos. —Me estoy quejando como una estrella porno y ni siquiera me ha penetrado.

Frota su polla sobre mi abertura y gimo más fuerte.

Esta carne suave de terciopelo sobre mi músculo duro como roca es precisamente lo que me he perdido durante toda mi vida. Los dedos son un pobre sustituto.

—Dámela.

En un solo empujón me llena y yo grito en shock. Su polla es mucho más grande que su dedo. Siento que la cabeza golpea profundamente mientras estira y abre mi entrada de par en par.

—¡Sedona! —Sus ojos vuelan anchos, solo oigo respiraciones frenéticas—. Ángel, no.

Supongo que era obvio que era virgen. No sé por qué no quise admitirlo antes.

Su mirada brilla como el ámbar puro ahora, el sudor gotea por sus sienes, pero de alguna manera evita mover sus caderas. Es un maldito santo por reprimirse. Puede que le haya rogado, pero lucho para recuperar el aliento tras la explosión de dolor que me causó la penetración.

—Deberías habérmelo dicho —gruñe con los dientes apretados—. Te mereces algo mucho mejor que esto.

Puede que se arrepienta de haberme reventado el himen, pero no lo lamento. El dolor agudo se ha ido y la sensación de estar llena de él es como el cielo puro. Mis caderas se mueven por su propia voluntad.

—Cállate. —Las empujo hacia arriba—. Dámela, Carlos.

Carlos se estremece, los ojos se vuelven marrones; no, son negros. Su cara está agitada por una concentración que parece dolorosa, pero finalmente mece las caderas.

Es una mezcla de dolor y placer para mí, pero entonces el dolor retrocede y el placer inunda cada célula de mi cuerpo.

—Más. —Envuelvo mis piernas alrededor de su cintura y lo insto a que vaya más profundo, más rápido.

Carlos ruge y me embate como un animal desatado. Sus ojos de color ámbar parpadean mientras golpea las cadenas en la cama y me llena una y otra vez.

Pongo las manos en la pared para evitar que me golpee la cabeza. Se retira y sacude su cabeza. Creo que está tratando de hablar, pero todo lo que sale son gruñidos. Se levanta sobre su rodillas elevando mis nalgas y las levanta en el aire. Me sostiene en un ángulo perfecto, me tira de las caderas para empujar su polla hasta lo más profundo.

Mis ojos se ponen en blanco y mi boca se abre para dar paso a gritos continuos.

Carlos llena la habitación con sus gruñidos. Sus ojos ámbar relucen como el fuego en contraste con la oscuridad de su cabello y piel. Me pregunto si los míos han cambiado a azul hielo. Justo cuando estoy a punto de alcanzar el orgasmo se retira, levanta mis caderas y me deja de rodillas. Cuando me incorporo con mis manos, me agarra de los hombros forzando la parte superior de mi cuerpo hacia abajo.

«Oh». Aparentemente le gusta esta posición.

Tan pronto como entra en mí, entiendo por qué. *Joder*, es aún más profundo desde esta postura. Se agarra a mis caderas con fuerza y comienza a moverse dentro de mí, su pelvis choca fuertemente contra mi culo y su polla se desliza dentro y fuera con la trayectoria perfecta. Sus bolas me golpean el clítoris.

Es difícil imaginar que te follen más duro que esto, pero no hay dolor, ni incomodidad, ni miedo. Me estoy ahogando en el placer y solo Carlos sabe cómo dármelo. Posiblemente pierda la cabeza o tal vez me desmaye. Lo siguiente que sé es que los gruñidos de Carlos rugen en mi oído. Estoy llegando al orgasmo. Mis músculos prensan su polla y chillo contrayéndome una y otra vez. Nos arrastramos por el suelo. Yo reposo sobre mi vientre mientras su cuerpo cubre el mío.

Y luego me muerde.

~.~

CARLOS

EL GRITO de dolor de Sedona me trae de vuelta y me doy cuenta de que mis dientes están enterrados en su hombro.

«*Mierda*».

Desengancho los colmillos y limpio la herida lamiendo la sangre; así le proporciono las enzimas curativas de mi saliva para su rápida recuperación. Pero no es la herida real el problema. Son las consecuencias de lo que he hecho.

«La he marcado».

Llevará mi aroma el resto de su vida. Más que eso, estoy unido para siempre a ella. Por mucho que haya querido luchar contra los ancianos para liberarla, ahora mataré a cualquiera que intente quitármela.

«*Joder*».

—Lo siento —digo. Retiro mi polla de su gloriosa vagina y la desencarno. Quiero acurrucarla en mis brazos, pero ella cambia, ya sea por furia, ya por dolor, no lo sé—. Sedona.

Su loba es preciosa: blanca nieve con orejas plateadas y los ojos azules más pálidos. Grande y sana. Es hermosa. Ella acecha alrededor de la habitación, moviéndose rígidamente como si le hubiera causado dolor en más lugares que su hombro.

«*Mierda*». Soy el rey del continente.

—Lo siento. No quise marcarte, ángel. —No soporto verla de esta manera, mi necesidad de consolarla es demasiado grande, y es más difícil en forma de lobo. Me levanto de la cama y la encuentro en el centro de la habitación. Ella balancea su cabeza para evitarme y cambia. Infundo cada pedacito de comando alfa en mi voz. Ella será incapaz de desobedecer, a pesar de que la enfadará.

Finalmente vuelve a la forma humana desenvolviéndose desde una posición agachada; la furia arde en sus ojos. Camina hacia adelante y me da una bofetada en la cara.

Yo la acepto. Me lo merezco. Merezco algo mucho

peor. La he atado para siempre a mí después de prometerle que la ayudaría a liberarse.

—Perdóname, por favor.

Las lágrimas sobresalen en sus ojos.

—Lo que hiciste no se puede deshacer, Carlos.

Inclino la cabeza.

—Lo sé.

—¿Qué sabes? —exige.

Sé que esta conversación no va a ser productiva, pero también sé que está enfadada y necesita una manera de salir. Sé que quiero abrazarla, consolarla, pero soy reacio a forzar mi consuelo si ahora me odia.

Me aparto de ella, frustrado. La furia por el consejo regresa. Recojo la cama de hierro y la tiro contra la pared donde retumba y cae a su lado.

Los ojos de Sedona miran alrededor.

Como no hay nada más que hacer, la recojo y la tiro de nuevo, esta vez en la dirección de la puerta. Sé que esta celda está hecha de acero, que no voy a salir, incluso con una cama de hierro, pero voy a intentarlo.

Cuando la recojo por tercera vez, Sedona grita:

—¡Detente! —Me doy vuelta para encontrarla sosteniendo sus manos sobre sus orejas, las lágrimas nadando en esos hermosos ojos azules.

Me acerco a ella y la recuesto contra mi cuerpo. Camino con un brazo alrededor de su cintura hasta que su espalda golpea la pared. La beso, chupando sus labios, reclamando su boca como su compañero. No es justo. No está bien. Pero ahora es mía. No hay nada que pueda hacer para cambiar eso.

Mi muslo presiona entre sus piernas y no dejo de atormentar su boca follándola con mi lengua. Pruebo sus lágrimas y eso solo alimenta mi necesidad de consumirla, devorarla. Quiero reforzar aún más mi reclamo sobre ella porque mi lobo sabe que ya se ha escapado.

—Sedona. —Me retiro y la dejo ver cada pedazo de miseria que hay en mi ser—. No voy a disculparme de nuevo. —Golpeo la pared junto a su cabeza con el puño —. No lo siento. No siento haberte reclamado.

Ella traga su aliento, mirándome con los ojos abiertos.

—Tú eres el premio por encima de todos los demás premios, y yo llegué primero —le digo con los dientes rechinando. Está mal, pero me siento bien al expresarlo. La pasión brilla en mi pecho y fluye por mis extremidades —. Me perteneces. Nunca te dejaré ir. Y no lo siento. Eres perfecta en todos los sentidos. Inteligente, talentosa, hermosa. —Me las arreglo para abrir el puño y tocarle la mejilla—. Es gracioso. Tú eres la luz de mi oscuridad. Me trajiste a la vida. Todos estos años he estado medio muerto. Era la única manera de sobrevivir al dolor de la enfermedad de mi madre, la muerte de mi padre. La pesadez de mi manada. Tú me devolviste a la vida. Y por eso no puedo arrepentirme. No puedo. Así que te pido perdón, pero nunca me arrepentiré de reclamarte. No en esta vida, ni en ninguna otra.

Los labios de Sedona tiemblan. No tengo idea de lo que está pensando ni de lo que siente. Si me teme o quiere cortarme las pelotas. No mentí. Le dije la maldita verdad, y si eso la hace odiarme para siempre, que así sea. Al menos ella lo sabe.

Si no estuviera tan loco, habría registrado el sonido detrás de mí antes. La puerta se abre. Sedona se sacude por el miedo y una puñalada aguda aterriza entre mis omóplatos. Lo último que veo es una ráfaga de dardos en el pecho de mi hembra antes de que ambos caigamos al suelo.

CAPÍTULO CUATRO

Carlos

Me despierto en mi habitación. El aroma de Sedona todavía está en mis fosas nasales y la busco, pero mis brazos están vacíos. Me llega el recuerdo de la última vez que la vi y me pongo erguido de un salto mientras jadeo.

Sedona. ¿Dónde está mi hembra? La urgencia de encontrarla, protegerla, casi me hace cambiar. Si esos hijos de puta ponen un dedo sobre mi hembra los destrozaré. No me importa si me destierran para siempre de esta manada. Aunque signifique dejar a mi pobre madre. No me quedaré de brazos cruzados ni dejaré que mi hembra sea maltratada.

Me salgo de la cama y me pongo un par de pantalones de pijama antes de golpear la puerta. Un toque ligero pero rápido suena. La puerta se abre antes de que pueda decir *pásale*.

Juanito irrumpe.

—Don Carlos, es tu madre. Está teniendo un ataque. Ven rápido.

Los gritos llegan a mis oídos.

—Déjame. —La voz cruda de mi madre resuena en el patio central. El olor desvanecido de Sedona se aferra a mí mientras salgo corriendo y miro hacia el jardín de mi madre en el patio central de la hacienda. Mamá camina sola con su falda agitándose. Los sirvientes se acurrucan en los bordes del jardín. Ella se mueve en círculos con su pelo largo gris volando. El sudor gotea por su cara, sus ojos están salvajes.

—¡Mamá! —Corro por las escaleras de mármol y salto de dos en dos los peldaños.

Mi madre ni siquiera me escucha. Está balbuceando algo, como si estuviera discutiendo con demonios o fantasmas. Se desgarra el camisón.

—¡Déjame sola!

—¡Mamá! —La alcanzo y le agarro los brazos, tratando de conseguir que su mirada salvaje se centre en mi cara. No tengo éxito. Se aleja de mí. Las lágrimas recorren su cara, que una vez fue encantadora. Ahora tiene un color cetrino con ojeras bajo sus ojos.

Podría dominarla, por supuesto, pero no puedo manejar a mi madre.

—Mamá, todo es un sueño. Nada de eso es real. Mírame. Tu hijo. Soy Carlos.

—¿Carlos? —Su voz suena a pánico—. ¿Dónde está Carlitos? ¿Qué han hecho con mi hijito? Ellos también quieren matarlo.

—No, mamá, estoy aquí, Carlos-Carlitos, todo un adulto. Mírame.

Su mirada inestable ondea alrededor del patio y se posa alrededor de mi cara. Ella tiende la mano para tocarla, arrugando la frente.

—¿Carlos?

—Sí, mamá, estoy aquí.

Me agarra de la mano y trata de llevarme más lejos en el centro del jardín.

—Apúrate, Carlos. Tenemos que huir. Antes de que te maten a ti también. Cada alfa está en peligro.

No me muevo. La sujeto con las dos manos y ella tira con todas sus fuerzas.

—No, no estoy en peligro. Puedo defenderme. Y tú también. Estamos a salvo, lo prometo. Ven, por aquí. —Envuelvo mi mano alrededor de la suya—. Vamos a tu habitación.

Sus ojos se ensanchan.

—Mi prisión, ¿quieres decir? —Sacude la cabeza salvajemente—. Ahí es donde quieren mantenerme callada. No quiero ir allí. Quiero irme, Carlos. Llévame lejos de este lugar.

El dolor me atraviesa el pecho. ¿Debería encontrar la manera de enviarla de vuelta a su propia manada? Ella todavía odia este sitio después de todos estos años. ¿Pero se la llevarían? ¿Una loca que requiere cuidados a tiempo completo? ¿Proporcionarían el nivel de tratamiento que requiere? Nunca he conocido a nadie de la vieja manada de mamá, ni a nadie que no sea de la mía. Siento el mal de este infortunio en mis huesos. Debí haberlo hecho cuando murió mi padre. No diez años más tarde. Me duele la cabeza por el peso de la culpa, de la responsabilidad.

—Bien, te llevaré lejos de aquí —se lo prometo. Rezo para que pueda cumplir mi palabra—Pero necesito tiempo para averiguar dónde y cómo. Así que vamos a llevarte de vuelta a tu dormitorio.

—¡No es mi dormitorio! —exclama—. ¡No me lleves allí, Carlos! —De repente llora, como si ella fuera la niña y yo el padre.

La abrazo contra mi pecho y le acaricio el pelo enredado.

—Está bien, no a tu dormitorio, estoy de acuerdo.— Miro a mi alrededor desesperadamente, tratando de averiguar qué más hacer con ella—. ¿Qué tal un paseo por el jardín exterior con María José? —Hago contacto visual con la madre de Juanito, la sirvienta de mamá, y asiente.

María José se acerca lentamente.

Mi madre olfatea y se aleja, asintiendo con la cabeza.

—Sí.

Mis hombros se hunden. La llevo de la mano en dirección a María José.

—María te mantendrá a salvo, mamá. Te veré después de tu paseo, ¿de acuerdo? Te veré en el desayuno.

Después de encontrar a Sedona.

Mi madre se abalanza al brazo de María José y Juanito se escapa.

—Don Carlos —dice en tono urgente. Mira a su alrededor como si tuviera miedo de ser visto, y no tengo ninguna duda de que alguien está mirando en alguna parte.

Le agarro del brazo y lo escondo en las sombras.

—¿Qué ocurre?

—Los norteamericanos están aquí para rescatar a su mujer.

La campana de la torre comienza a sonar, señalando que la manada está en peligro. Entra don Santiago. El momento de su aparición parece deliberado.

—Ahí estás. —Su voz es suave como la seda—. Tenemos un problema. Tres camionetas grandes rompieron la puerta exterior. Prepárate para luchar por tu mujer.

Un escalofrío me pasa por las venas al ver su plan. Están delegando en mi fuerza para que nos defendamos de estos enemigos que trajeron a nuestra manada. Mi mente corre. Ni siquiera sé dónde está mi hembra, y estoy seguro de que no voy a luchar contra su familia por ella. Eso no asegurará que pueda mantener a la hermosa norteamericana. Con una calma forzada, aprieto el hombro de Juanito.

—Corre y tráeme una camisa. Voy a estar justo detrás de ti. —Me vuelvo hacia José—. Reúne a los machos de la manada y diles que vayan a la terraza. —Infundo autoridad alfa en mi voz, aunque sé muy bien que mis órdenes no significan nada para este hombre. El consejo me ha estado dirigiendo desde hace años. Subo las escaleras y me encuentro con Juanito en la parte superior con mi camisa en sus manos. La agarro mientras murmuro con voz baja—. ¿Dónde está mi mujer, Juanito?

—Encerrada en una habitación en el ala este, don Carlos.

—¿Puedes encontrar una manera de liberarla?

—Yo no sé, señor. —Juanito es un chico listo, sé que lo resolverá.

—Necesito que lo intentes. Déjala salir y llévala con su gente a través de la puerta inferior. No dejes que nadie te vea. El futuro de esta manada depende de ti, amigo mío.

Los ojos de Juanito se alzan hasta los míos y veo que el honor llena su ser.

—Sí, señor. —Se escapa, silencioso e invisible como un fantasma.

Saldré a la terraza, donde los hombres de nuestro grupo habrán llegado desde las minas y los campos y veremos las camionetas blancas dirigirse hacia la ciudadela.

—Defenderemos nuestra manada, si es necesario, pero no habrá violencia sin una señal mía, ¿entendido? —Utilizo cada pedacito de poder alfa en mi voz, haciéndolo resonar y proyectando confianza y liderazgo. El problema es que estos machos nunca han peleado conmigo antes, nunca han seguido mis órdenes.

La mayoría son viejos. El único hombre más joven en la manada además de mí era el hermano de Juanito, Mauca, pero desapareció el año pasado. Se escapó, es lo que dijeron, pero sé que Juanito y María José no creen esa versión. No hay muchos otros cambiantes masculinos menores de cincuenta años, excepto los *defectuosos*. Están aquí, sin embargo, armados con machetes, listos para luchar como hombres.

Guillermo, el gran lobo que dirige las minas está aquí, junto con sus hombres. Puedo contar con ellos para defender la manada.

Don Santiago y el resto del consejo están aquí, pero no se están preparando para luchar. En lugar de eso parece que se disponen a ver un partido de fútbol. Por supuesto, son mayores de setenta años, pero los cambiantes viven vidas largas y sanan rápidamente. Creo que han estado usando su privilegio de ancianos desde hace demasiado tiempo. Al mirar sus rostros satisfechos, quiero imponer justicia a cada uno de ellos.

¿Y qué mejor diversión? Especialmente con un público. Es hora de establecer exactamente quién es alfa en esta manada. Un gruñido arranca de mi garganta mientras acecho. Me acerco al primero que encuentro —don Mateo — y lo agarro por la garganta. Mis dedos se envuelven alrededor de su cuello de pollo y lo levanto del suelo.

—Trajiste este ataque a nuestra manada —rujo—. Tú y el resto del consejo.

—Ponlo abajo —gruñe don José. Usa su mando superior habitual, pero cae en saco roto frente a la ira alfa. Entonces se vuelve hacia la manada—. El joven ha heredado parte de la locura de su madre.

Oh, *joder*, no. Por supuesto que probarían esa táctica. Hacer que parezca que estoy loco.

Miro al consejo. Pueden tratarme como a un cachorro preciado, pero estos no son los hombres abuelos que me criaron. Son lobos poderosos.

—Compraste a una mujer, una estadounidense robada por traficantes. ¿Qué creías que iba a ocurrir?

Don Santiago usa un tono engreído y responde.

—Pensamos que la reclamarías, y teníamos razón.

La cara de don Mateo se vuelve roja mientras lucha por respiraciones entrecortadas. Sus pies dan patadas inútilmente. Los hombres de la manada se acercan, amontonándose a nuestro alrededor, pero nadie, incluidos los otros ancianos, me desafía físicamente. Juntos, podrían derribarme, pero no sin mucho derramamiento de sangre.

—Me encerraste en mi propia mazmorra. Faltaste el respeto a tu alfa. ¿Crees que este acto quedará impune?

Los ojos de Mateo se hinchan. Si no lo libero pronto, morirá.

Fuera de mi ojo, veo a Guillermo dar un paso adelante. El lobo corpulento no está en lo alto de la manada, pero con sus mineros detrás de él, podrían dominarme. Si el consejo diera la orden, podría estar muerto, y mi madre conmigo. Estoy rodeado por la manada que se supone que debo liderar, y no sé en quién puedo confiar.

—Tranquilo, Carlos. No fue por falta de respeto, sino por amor. Te proporcionamos un premio digno de un alfa como tú —argumentadon Santiago para tratar de aplacarme.

Dejo a Mateo, no porque esté jugando a ser un buen alfa para el consejo, sino porque por mucho que me gustaría matarlo a él y a todo el consejo, no soy un asesino. Giro para enfrentarme a don Santiago y dejo salir un gruñido feroz. Cada lobo que me rodea deja caer los ojos y muestra su garganta en sumisión.

«Mejor».

—Ahora le faltas el respeto a mi mujer. Ella no es un objeto, sino una loba alfa, capaz de arrancarle a cualquiera la garganta. Si alguno la toca o vuelve a hacer algo en contra de su voluntad, está muerto. ¿Comprendido?

—Sí, don Carlos. —Los machos de la manada murmuran la respuesta automáticamente. No estoy seguro de oírlo de los labios de los ancianos, pero asienten con la cabeza como si estuvieran de acuerdo. «Malditos sapos mentirosos».

Esto no ha terminado. A pesar de que han aceptado lo que exigí, ni siquiera estoy cerca de estar satisfecho.

—Consideraré tu castigo —gruño.

Sí, no sé cómo va a pasar eso. ¿Tendré la capacidad de imponer un castigo a los miembros del consejo? No tengo ni *puta* idea, pero sé que no voy a perdonarlos fácilmente delante de la manada.

Detrás de mí, los demás miembros se muestran incómodos. Son leales o temen al consejo. Lo entiendo. Solo he vuelto hace unas semanas. No me conocen, y me llevará tiempo probarme a mí mismo como líder. Pero ciertamente tengo la intención de hacerlo.

Don Santiago apunta a la carretera fuera de las murallas que rodean nuestra ciudadela.

—Los norteamericanos han llegado. —Las tres camionetas blancas se detienen fuera del portón de rejas delantero y se detienen. Las puertas se abren y decenas de lobos musculosos salen. Son machos jóvenes en su mejor momento, con brazos cubiertos de tatuajes y armas en sus manos.

~.~

Sedona

El chico que me dejó salir del dormitorio donde estaba encerrada me guía hacia adelante. Estamos fuera del palacio o del castillo, o como ellos llamen este edificio. Es lo suficientemente real como para ser un castillo. De hecho, vamos por el mismo camino por el que el que los hombres llevaban mi jaula cuando llegué. Por encima de nosotros, se cierne el edificio reluciente, pero dentro de las paredes del enclave hay pequeñas cabañas con techos de paja.

Me desperté sola en una cama con dosel vestida con una ridícula túnica, como una princesa medieval. Este lugar está seriamente anclado en el siglo XVII.

Probé a abrir la puerta, pero estaba cerrada con llave. Golpeando no iba a ninguna parte. Tampoco llamé a Carlos, pero luego apareció el muchacho, puso su dedo en sus labios para silenciarme y me sacó corriendo del edificio.

Ahora que estamos afuera, me habla en español, pero no tengo ni idea de lo que está diciendo.

—¿Juanito? —le pregunto—. ¿Eres Juanito?

Se detiene y se gira, y su rostro serio se divide en una sonrisa.

—Sí, soy Juanito. —Mueve la cabeza, como si le hiciera un gran honor al saber su nombre. Dice algo más, pero todo lo que capto es «Carlos».

—¿Dónde está Carlos? —le pregunto. Estoy un poco decepcionada al ser rescatada por el chico en lugar del hombre que me marcó anoche. Es estúpido, pero me siento abandonada. Necesito verlo. Tenemos que hablar sobre el hecho de que él me marcó y lo que significa.

Pero supongo que escapar del consejo de locos debería ser lo primero que hay que hacer. Juanito saca una tarjeta de un cable alrededor de su cuello y la muestra contra una cerradura sorprendentemente de alta tecnología en una puerta en la pared de adobe pulida.

Fuera oigo hombres que hablan en inglés.

Me adelanto, corriendo hacia el sonido, y reconozco a los machos de las manadas de mi hermano y padre amontonándose en tres grandes camionetas blancas del tamaño de un autobús estacionadas fuera de un pórtico gigante. No tengo ni idea de cómo me encontraron, pero la sensación de alivio casi me ahoga.

Mi hermano percibe mi presencia y se gira.

—¿Sedona?

Estoy segura de que parezco ridícula con esta túnica vaporosa. Las lágrimas me escuecen en los ojos. Vuelo hacia él, envolviendo mis brazos y piernas a su alrededor. La fuerza de mi abrazo impulsa a mi enorme hermano mayor a dar un paso atrás.

Tan pronto como siento el abrazo de Garrett, sé que todo va a salir bien. Es más grande y fuerte que cualquiera de los cabrones que me llevaron cautiva. La única excepción podría ser Carlos, pero no puedo pensar en él de momento.

—¿Estás bien? —murmura Garrett. Presiono mi cara en su hombro, agarrándolo. Sus músculos se flexionan a mi alrededor, grandes, protectores—. Nadie te va a hacer daño. Nunca más.

—Sedona. —Una voz grave me hace levantar la cabeza. Mi papá está a nuestro lado, los labios apretados juntos, un aspecto con el que estoy demasiado familiarizada. Por una vez me alegro de verlo.

—Papá. —Me vuelvo hacia él y le doy un abrazo sincero, aunque más rígido. Solo cuando me voy hacia atrás y estudio las líneas profundas grabadas en la frente de mi padre me doy cuenta de que su aspecto severo no es de desaprobación, sino de preocupación, y ahora de un profundo alivio.

—Lo siento —digo con voz agrietada.

—Está bien —Garrett afirma con calma al mismo tiempo que mi padre dice—: Hablaremos de ello más tarde.

Me inclino al lado de mi hermano mayor, incapaz de mirar a mi padre a los ojos. Garrett da un pequeño gruñido, otra señal con la que estoy familiarizada por las veces que me he metido en problemas. «Tú y yo, la hermana pequeña. Papá va a ser un duro, pero lo superaremos juntos». A pesar de que es ocho años mayor, y tan alfa y protector como nuestro padre, Garrett siempre ha estado de mi lado.

No creo que mi hermano mayor pueda arreglar esto. Estamos en una montaña perdida en México, frente a una manada desconocida, en lo profundo de un territorio hostil. Mi padre podría estar lidiando con consecuencias políticas por mi error durante los próximos treinta años.

Es mi culpa. Soy la hija de un alfa. Es mi responsabilidad seguir las reglas, por el bien de la manada. Mi idea de vivir las vacaciones de primavera fue estúpida.

—¿Cómo entramos? Voy a matar hasta el último maldito —Garrett se está crujiendo los nudillos cuando me entrometo.

—No —digo. Todavía no sé qué diablos está pasando aquí. Carlos debió mandar a Juanito a liberarme. ¿Pero dónde está Carlos? Miro hacia atrás donde está Juanito con aspecto de incertidumbre. ¿Viene Carlos? No puede. Mi corazón se llena de plomo. Si lo hiciera, mi padre y Garrett lo matarían. No, necesito salir de aquí antes de que los lobos de ambos lados salgan lastimados. No soportaría tener sangre en la cabeza.

—Sacadme fuera de aquí. No quiero pelear. Solo quiero irme a casa. Vamos.

Mi padre sacude la cabeza.

—Nadie roba a mi hija y sobrevive.

—No me robaron, me compraron. Puedes matar a los cabrones que me robaron, pero no están aquí. Solo quiero irme. Sin derramamiento de sangre. Por favor. —Atrapo la mirada de Garrett y sostengo su mirada, suplicando en silencio.

Agarra el brazo de mi padre y caminan por la parte trasera de la camioneta para hablar en privado.

Como tengo audición de cambiante, no me pierdo nada de la conversación.

—Papá, ¿no crees que Sedona ha pasado por suficiente? Ella se ha *apareado*.

Mis ojos se llenan de lágrimas. Encorvándome, me cubro la herida ya curada en el hombro. En unos días no será más que una ligera cicatriz, pero llevaré el aroma de Carlos, un rastro de su esencia, conmigo hasta que muera.

Garrett continúa en voz baja:

—Ella podría haber tenido sentimientos hacia el tipo. Lo último que necesita es un trauma mayor. Si dice que no haya derramamiento de sangre aquí, creo que tenemos que honrar sus deseos.

—Si no los matamos, enviamos el mensaje de que somos débiles.

Discuten un poco más, pero cuando vuelven, mi padre dice:

—Volved todos a los vehículos.

Garrett me empuja hacia su camioneta y se sube en el asiento trasero a mi lado, colocando su fuerte brazo alrededor de mis hombros.

Cuando la camioneta se aleja de la montaña, trato de aclararme la mente, pero mis emociones están por todas partes. Odio ser la víctima, rescatada por los machos de su familia. Es patético y sé que si me sumerjo en eso, incluso por un segundo, podría caer en un pozo de autocompasión tan profundo que podría dejar que esta experiencia me asustara por el resto de mi vida.

«Pobre Sedona, —susurrarían sobre mí— nunca ha vuelto a ser la misma desde su secuestro y violación».

Al diablo con eso. Yo fui una víctima, sí. Pero no fue violación. Le rogué que lo hiciera. Y no soy débil, soy una hembra alfa. Puedo convertir esto en una victoria, no en una derrota.

¿Pero qué gané?

Perdí mi virginidad de la manera más increíble y satisfactoria. Es difícil imaginar que pueda haber algo mejor de lo que compartimos. Pero también fui marcada. Ni siquiera estoy segura de las consecuencias de llevar el aroma de un macho cuando no lo elegí como compañero.

Carlos me dejó ir.

Mierda, pensar en él me provoca un dolor abrasador que me atraviesa el pecho. ¿Volveré a verlo? ¿Quiero? Es un poco complicado, ¿no?

Todavía no sé si fue tan inocente como él insistió. ¿Y si orquestó todo el maldito asunto?

Pero no, ¿por qué me deja ir, entonces? Y estoy segura de que fue Carlos quien envió a Juanito para llevarme a mi familia. Ya sea para guardar su propia manada o para mi beneficio, no puedo estar segura. Pero sé una cosa: las manadas de mi familia lo habrían derrotado.

Así que lógicamente, parece que debería contar con Carlos liberándome como una victoria. ¿Por qué, entonces, parece que mi corazón late fuera de mi pecho? Como si se quedara en esa montaña y cuanto más nos alejamos, más ansiosa me siento por dejarlo atrás. ¿Quería que me reclamara? ¿Para retenerme?

Al *carajo* con que no.

Nunca me quedaría en esa montaña olvidada por Dios con esa manada loca. Son los más atrasados y dementes que he visto, y eso que mi padre ha organizado un montón de encuentros de manadas a lo largo de los años.

Incluso si fueran los lobos más encantadores de la Tierra, no me gustaría quedarme. Tengo veintiún años. Ni siquiera he terminado la universidad. Acabo de empezar a divertirme. *Joder*, mis vacaciones de primavera en San Carlos se ven tan lejanas… ¿Qué pensaron mis amigos cuando desaparecí de la playa?

—¿Cómo me encontraste? —le pregunto a Garrett, hablando por primera vez tras dos horas de silencio. Le agradezco por no interrogarme todo el camino. Garrett es perceptivo. Me alegro de no ir en la camioneta de mi padre.

—Mi compañera te encontró.

Espera. ¿Qué? Garrett no tiene pareja. Es un soltero que lleva años jugando con su grupo de hombres jóvenes.

—¿Tu compañera?

Garrett toca mi nueva marca.

—Parece que ambos nos apareamos durante esta luna.

Garrett suena feliz. Adivino que su apareamiento no se pareció en nada al mío. No estaba desnudo en una habitación con ella y obligado a aparearse. Eligió a una mujer. La forma en que siempre pensé que llegaría a elegir a un compañero.

Y ahora me estoy revolcando en la autocompasión, el pozo en el que no quería caer.

—Háblame de ella. Necesito distracción.

—Su nombre es Amber. Es una vidente humana y una abogada. Y mi vecina de al lado. Cuando tú desapareciste, le dije que la necesitábamos y la trajimos a México. Ella nos ayudó a seguir tu camino a la Ciudad de México, donde encontramos a tus captores originales.

Frunzo el ceño, recordando la jaula y el almacén.

—Ya están muertos —me asegura Garrett.

—¿Una humana? —¿Garrett se apareó con una humana? Es inaudito que un lobo alfa tenga una compañera no cambiante. Espero que esto no signifique que pierda su posición como alfa. Su manada es tan leal como parece, pero nunca se sabe. Algún lobo puede desafiarlo por ello. El contendiente más probable sería Tank, su beta, excepto que Tank es de la manada de nuestro padre originalmente y su lealtad a ella se lo impediría.

—Mi lobo la eligió. —Garrett se encoge de hombros, pero su sonrisa tonta dice que está irremediablemente enamorado.

¿Eso es lo que pasó conmigo y con Carlos? ¿Nuestros lobos escogieron a pesar de que nuestro yo humano nunca lo habría hecho?

¿Qué hay de todas esas cosas que dijo Carlos justo antes de que nos drogaran? ¿Que no lamentaba haberme marcado? ¿Esa fue la verdad? ¿O solo el efecto de la luna llena y un lobo interior feliz?

—¿Seguro que no quieres que vuelva aquí y mate a toda la manada de Montelobo? Porque no lo dudaré si das la orden.

—No. —Me retuerzo y agarro los hombros de Garrett antes de darme cuenta de lo que estoy haciendo—. No puedes hacer eso.

Garrett se queda en silencio, buscando mi mirada. Aprieto con más fuerza su brazo.

—No lo hagas. Prométemelo. —¿Y si Carlos estuviera herido? ¿O alguien que le importaba, como su madre o Juanito?

—¿Estás segura, nena? —Su voz es tierna, pero por un

segundo vislumbro al depredador de corazón frío acechando detrás de la fachada humana. El lobo mataría primero y nunca haría preguntas dejando un rastro de cuerpos atrás.

—Estoy segura. Tampoco dejes que papá regrese. Prométemelo.

—Muy bien, hermana. Cálmate. Te lo prometo. — Puedo intuir que quiere preguntarme más, así que me doy la vuelta en sus brazos y me acurruco a su lado. Lo sostendré fuerte hasta que mi corazón desenfrenado se ralentice.

Nuestra camioneta atraviesa una ciudad en expansión, que Garrett me dice que es la capital del país, la Ciudad de México. Nos detenemos en un hotel y Garrett se mueve en su asiento, con los ojos fijos en una ventana de la parta alta. Su compañera debe de estar dentro.

Um. Me froto la nariz. ¿Cómo sería estar felizmente apareada en lugar de dejar atrás la más difícil de las uniones posibles?

—Entonces, ¿dónde está Amber, ahora? —Trato de mostrar entusiasmo. Voy a tener una hermana por primera vez. Con Garrett mucho mayor, soy más como una hija única—. ¿Cuándo puedo verla?

—Está en nuestra suite. Vamos. Puedes conocerla ahora.

Garrett me lleva al hotel y subimos por un ascensor, pero cuando entra en su habitación, sé que algo anda mal. No hay olor reciente femenino, humano o de otro tipo.

Garrett toma una nota y la lee, luego ruge, incrustando su puño contra una pared.

«Bueno, *mierda*».

Supongo que no soy la única cuyo apareamiento es un desastre.

CAPÍTULO CINCO

Carlos

Camino por el perímetro exterior de nuestra ciudadela. El zumbido en mis oídos hace que sienta golpes en mi cabeza, pero sigo andando. Voy a recorrer el territorio de nuestra manada todos los días hasta que sepa quién vive en qué cabaña, los nombres de sus familiares y lo que hacen por nosotros. Aunque juro que el paisaje pasa sin que yo vea nada.

Todo lo que veo es a Sedona, encadenada desnuda a esa cama. Mi terrible y maravilloso premio.

Verla irse fue como permitir que alguien robara un órgano vital de mi cuerpo. Me quedé allí, adormecido, sin entender cómo todavía vivía o respiraba sin ella allí. Necesité toda mi fuerza para no cambiar y perseguir las camionetas de su manada como un perro común. Para no aullar.

Pero de alguna manera me las arreglé para quedarme en la terraza y mirar, manteniendo a mi manada fuera de peligro.

El consejo no podía creer que la dejara ir. Cuando la vieron de pie allí, con su vestido blanco vaporoso alrededor de sus piernas moviéndose en la brisa, sus aires jactanciosos desaparecieron.

—¿Por qué tu mujer está fuera de su habitación? —don Santiago exigió.

—La liberé —le dije con calma.

—¿Estás loco? —don Mateo preguntó—. Ella es tu compañera.

«Sí, es mía». Mi lobo aulló.

Pero no importa. No iba a mostrar mis dientes a su manada. Estaba mal mantenerla así. Fue una equivocación haberla comprado en primer lugar. Todo lo que le hicimos estuvo mal.

—Ve y lucha por tu mujer. ¿O eres demasiado cobarde? —don Santiago desafió.

Le di un puñetazo en la cara. Nunca le haría algo así a un humano anciano, pero un viejo cambiante puede soportarlo. La manada se espantó, no sabía si iban a querer detenerme si continuaba, pero nadie me tocó.

—Loco como su madre —proclamó don José.

—No voy a mantener a una mujer en contra de su voluntad. Ni siquiera a una que he marcado. Y si alguno aquí cree que tal cosa es aceptable esa es la razón por la que esta manada está cayendo en ruinas —gruñí. Hice un círculo mirando a los ojos a cada macho, forzándolos a bajar su mirada como reconocimiento de mi dominio. Fue una pequeña victoria, pero satisfizo a mi lobo.

Don Santiago se frotó la mandíbula y se puso de pie.

—Entonces, ¿qué? ¿No vas a luchar para ganar su amor? ¿su afecto? Me atrevo a decir que ya lo tenías.

Mi corazón se estremeció dolorosamente. Quiero creer que es verdad. Pero podría haber sido la simple biología. El consejo sabía exactamente lo que estaba haciendo al poner a una loba fértil y desnuda en una celda con un macho viril en luna llena. Y la adversidad nos unió. Retenerla bajo cualquier excusa basada en lo que compartimos allí no sería justo. No tuvo más remedio que aceptarme. No significa que me quiera como su compañero. Si lo hubiera hecho, no habría subido a esa camioneta tan rápidamente y habría desaparecido.

Pero incluso si ella nunca quiere volver a verme, todavía la vengaré. Le di al consejo una semana para encontrar a los traficantes que la secuestraron. Cuando ellos contestaron con evasivas, les dejé claro que iba a haber derramamiento de sangre por lo que le hicieron a mi hembra. Si no es la de los captores será la suya

Será mejor que cumplan.

Camino por los confines de un pequeño cafetal. La parte delantera de Monte Lobo está cubierta de árboles, pero la parte trasera está conformada por parcelas agrícolas de escasa dimensión que forman una manta de parches de colores y texturas diferentes. Este volcán extinto que llamamos Monte Lobo no proporciona el mejor clima para el café, no como estados costeros como Chiapas, pero nuestra manada siempre ha sido capaz de cultivar la cantidad suficiente para nuestro propio uso. En realidad es impresionante la variedad y cantidad de cultivos que producen simplemente para nuestra propia subsistencia.

Hace siglos, cuando nuestros antepasados españoles se asentaron pacíficamente con los indígenas que vivían aquí, establecieron un maravilloso sistema para una vida sostenible aislada. Asustaron a los indígenas, no a través de violencia, sino usando sus supersticiones. Los relatos de hombres que se convertían en lobos en la luna llena ganaron el asombro y el respeto de la tribu, que se trasladó a la base de la montaña y la protegió de los visitantes externos. Y eso permitió que nuestra manada se aislara.

—Buenas tardes, don Carlos. —Un lobo anciano con ropa sucia y desgastada y un sombrero de ala ancha detiene su labor para saludarme. A pesar del saludo, se ve cauteloso o desconfiado de mí.

Me detengo y levanto la mano en saludo. A juzgar por la forma en que me examina, ya sabe lo que pasó hoy. ¿O estaba allí? Es triste que ni siquiera esté seguro. No sé ni el nombre de este lobo. He sido un pobre líder de esta manada. No merezco la posición de alfa.

Me obligo a quedarme, aunque prefiero seguir caminando, inmerso en mis pensamientos sobre Sedona.

—¿Cómo le va? —pregunto. Es patético, pero no sé qué más decirle a este tipo.

Asiente con la cabeza.

—Me va. Ya casi he terminado de recolectar la cosecha de este año. Luego pasaré al cacao.

—Bien. —Eso es todo lo que se me ocurre decir, pero estoy agradecido por recordar su nombre: Paco.

Una mujer sale de la cabaña y se ensombrecen sus ojos mientras mira en nuestra dirección. Sube la colina y se para junto al hombre viejo. Debe de ser su compañera.

—Alfa —la mujer inclina su cabeza—. ¿Es verdad? —pregunta. Lleva un vestido que parece sacado directamente de la década de los 50. Probablemente lo sea, en realidad. Será algún hallazgo de segunda mano enviado como una donación de los Estados Unidos. Miro su choza, donde sale humo de la chimenea. La hacienda tiene todos los lujos imaginables y estas personas ni siquiera tienen electricidad. Sabía que las cosas estaban mal, pero esto me enferma. ¿Qué clase de alfa deja a su manada en la pobreza?

—Silencio, Marisol —amonesta Paco.

—¿Qué es verdad? —Me preparo para lo que se vaya a decir sobre mí, probablemente que está enfadada porque dejé ir a mi compañera.

—¿Golpeaste a don Santiago?

«Ah, eso. Sí». Me meto las manos en los bolsillos.

—Es verdad. El consejo y yo estamos en desacuerdo sobre algunas acciones que tomaron. —Dudo que esté proyectando la confianza que quiero, pero es lo mejor que puedo sacar de mí cuando mi compañera está en una camioneta a kilómetros de distancia de mí.

—Ten cuidado, don Carlos. —La voz de Marisol vacila, pero no entiendo por qué. ¿Es por miedo? ¿O ira? ¿Mi manada está lista para amotinarse?

Gruño. No para asustarla, pero mi manada necesita saber que no me acobardaré.

Da un paso atrás y su marido le agarra el codo para estabilizarla.

—El consejo se ha excedido. —El hielo infunde mi tono—. No me insultarán a mí ni a mi compañera sin represalias.

Marisol y su pareja hacen expresiones ilegibles. Probablemente piensen que soy el enemigo que permite que vivan en la pobreza mientras viajo y asisto a las mejores universidades. No los culpo. Eso es exactamente lo que hice. No merezco ser su líder.

Nadie dice nada más, así que asiento con la cabeza y sigo caminando.

—Que la suerte lo acompañe. —La bendición de Paco hace que me detenga y los mire por segunda vez. Él y su esposa levantan las manos para despedirse y yo les devuelvo el gesto.

No sé cómo lo voy a hacer, pero las cosas tienen que cambiar por aquí. Limpiar este agujero negro es urgente. Estoy seguro de que este pensamiento tiene algo que ver con Sedona, pero ni siquiera admitiría que mi corazón me está dando palmaditas.

«Arréglalo por ella».

Eso es una locura. Sedona no va a volver aquí ni en un millón de años. Acobijar la fantasía es pura locura.

~.~

SEDONA

INCLINO LA CABEZA contra la ventana del avión y miro fijamente las nubes de algodón debajo de nosotros. Garrett, seguido por la mayor parte de nuestra manada, llegó al aeropuerto anoche a tiempo para encontrar a Amber, su compañera. Frente a todos nosotros, le declaró su amor y su intención de compensar sus errores y ella permitió ser reclamada.

Ahora están en los asientos a mi lado, con los dedos entrelazados y la cabeza rubia de ella en el hombro de mi hermano. Si fuera por mí, les habría dado algo de privacidad y que se sentaran junto a un extraño para que pudieran centrarse en ellos, pero Garrett insistió en que su miembro de la manada, Trey, me reservara un asiento a su lado. Supongo que lo hizo para poder lanzarme miradas de preocupación de vez en cuando.

—Basta —le chasqueo cuando lo hace de nuevo.

—¿Parar qué?

—De mirarme como si estuviera rota.

Garrett hace una mueca.

—Supongo que no sé qué hacer para ayudar salvo volver y arrancar gargantas.

—¿Eso es lo que le hiciste a los chicos en el almacén?

¿Los que me secuestraron? —No sé si quiero oír la respuesta a esto.

Garrett se frota la cara con la mano.

—Sí. Perdí la cabeza porque Amber estaba allí y mi lobo necesitaba protegerla. Maté a todos antes de interrogarlos. Gracias al destino mi fallo no nos impidió encontrarte o habría sido mi culpa por completo.

—Carlos los llamó traficantes. Dijo que había oído que había cambiantes vendiendo a otros compañeros, pero no le creí. ¿Por qué crees que los están vendiendo? No todo puede ser tráfico sexual porque tenían un hombre cambiante en una jaula cuando yo estaba en el almacén.

—Sí, nos capturaron cuando llegamos por primera vez y nos pusieron en jaulas. —Garrett se tiró de la oreja como si estuviera avergonzado—. Amber abrió las cerraduras para sacarnos. Pero me pregunté por qué no nos mataron.

—Ellos mismos eran cambiantes, ¿verdad? No humanos que quieren estudiar nuestros genes o algo así.

—Olían a cambiantes, aunque no vi a ninguno de ellos transformarse. Tenían armas que probablemente pensaban que funcionarían para defenderse. Los maté antes de que tuvieran una oportunidad.

—¿Y si son cambiantes incapaces de transformarse? Carlos me dijo que su manada está llena de ellos. Olvidé cómo los llamó, defectuosos o algo así. Por esa razón su consejo me compró, para rejuvenecer la línea de sangre.

—Carlos. ¿Ese es su nombre? ¿El tipo al que no querías que matara?

Oh, señor. Solo oír su nombre me trae una avalancha de dolor. Agacho la cabeza.

—Sí.

Garrett tiende la mano y me toca la rodilla.

—¿Te lastimó, hermana?

El manto de la víctima cae sobre mí como una capa

asfixiante. Lucho sin éxito para liberarme de sus confines y mis ojos se llenan de lágrimas.

—No.

—¿Pero te marcó? —Garrett se despeja la garganta, obviamente incómodo hablando de sexo conmigo, su hermana pequeña—. ¿Te reclamó?

—Sí. —Mi voz sale en forma de susurro.

—Puedes contármelo, Sedona.

Trato de tragarme el bulto en la garganta.

—Estaba corriendo en la playa cuando un tipo se acercó. Un cambiante. Me dijo algo en español que no puedo entender, y lo siguiente que supe es que tenía un dardo en la nuca y estaba en la arena mirando a cuatro hombres. Me pusieron en una jaula y me metieron en un avión. Yo estaba consciente de a ratos, creo que me sedaron con el tranquilizante un par de veces. Me desperté en un almacén, y luego me llevaron en una camioneta hasta la manada de Carlos, donde me vendieron a dos hombres mayores. Me sedaron otra vez para sacarme de la jaula y me desperté en una celda, encadenada a una cama. No tengo idea de cómo me hicieron volver a la forma humana, pero la última droga parecía diferente de los otros tranquilizantes.

Garrett está gruñendo, sus ojos se han vuelto plateados y le lanzo una mirada de advertencia. Estamos en un avión lleno de humanos. Dejé a propósito la parte de que estaba desnuda porque sabía que se volvería loco.

—Tal vez deberíamos hablar de esto más tarde.

—No —exige Garrett en tono alfa—. Cuéntamelo ahora.

—Lo haré, si mantienes a tu lobo a raya. Obedeceré, pero no me tratéis como a una niña. Es hora de que mi padre y mi hermano aprendan eso.

Los dedos de Amber aprietan los de él y yo me calmo,

sabiendo que ha escogido a una compañera que se preocupa y le apoya en todo.

Garrett hace crujir su cuello, como si estuviera a punto de pelear.

—Tengo el control.

Resoplo, pero continúo.

—La puerta se abrió y entró Carlos. Él actuó sorprendido y se acercó para liberarme, pero lo encerraron.

Los ojos de Garrett se estrechan y sé lo que está pensando. Podría haber sido una trampa.

—Se mueve lleno de rabia caminando alrededor de la celda por un tiempo, pero no abrieron la puerta. Nos mantuvieron allí juntos durante la luna llena hasta que nos apareamos, y luego nos sedaron a los dos con tranquilizantes. Me desperté encerrada en un dormitorio. Carlos envió al chico para liberarme cuando aparecisteis.

La cara de Garrett se arruga en una mueca pero parece que no tiene palabras.

Amber habla:

—No hay un final en la historia. Eso debe de hacerlo aún más difícil.

Parpadeo y las lágrimas caen sobre mi cara. Estoy agradecida de que ella sepa identificar mi malestar. No necesito que alguien más me diga por qué estoy tan confundida.

—Tienes que decirme algo. —Garrett está frunciendo el ceño— ¿Fue violación, Sedona?

Mi cara se calienta. No debería tener que hablar de mis momentos más íntimos con miembros de mi familia como este, pero lo entiendo. Garrett va a volver y a matar a Carlos si digo que sí. Me alegro de no tener que mentir.

—No.

Sus hombros se relajan un poco.

—¿Así que crees que no tuvo nada que ver con eso? ¿Era una víctima como tú?

—No me llames víctima.

Garrett me mira:

—Lo siento.

—Sí, creo que sí, para responder a tu pregunta. Si él estaba metido en el plan, ¿por qué me dejaría ir?

—¿Porque íbamos a matar hasta el último de ellos y él sabía que te perderían de todos modos?

Mi plexo solar se aprieta.

—Cierto. Esa es una posibilidad.

Garrett se vuelve hacia su compañera.

—¿Tienes alguna visión sobre el tipo?

No entiendo lo que le está pidiendo al principio, pero Amber cierra los ojos y recuerdo que dijo que era psíquica. Dagas de anticipación me apuñalan. ¿Quiero oír su respuesta? ¿Y si me dice que Carlos fue un fraude? Mi estómago se revuelve solo pensando en ello.

Amber sacude la cabeza y yo aguanto la respiración.

—No lo sé.

«Gracias al destino».

Ella se inclina más allá de Garrett para mirarme.

—Supongo que no tienes nada suyo que yo podría sostener? Eso ayudó cuando estaba tratando de localizarte.

—No, nada. —Me fui sin nada más que el estúpido camisón que me pusieron. Afortunadamente, Garrett trajo mi maleta de San Carlos para no tener que volar a casa vestida así.

La cabeza de Trey aparece desde la fila frente a nosotros.

—¿Qué hay de la marca? Su esencia está incrustada allí.

Es bueno saber que nuestra conversación no es privada. Debí recordar que la manada de mi hermano me tenía justo delante de nosotros y podía oír cada palabra. Nuestra audición es mucho mayor que la de los humanos. Rara vez hay privacidad en una manada, de todos modos.

Cubro la herida que todavía esta curándose y me inclino hacia la ventana, lejos de Amber. No quiero oír lo que le dicen sus habilidades psíquicas.

—Está bien —dice en voz baja—. No creo que debas confiar en mis visiones para tomar ninguna decisión, de todos modos.

Garrett frunce el ceño.

—Tus visiones son la razón por la que encontramos a Sedona. Confiamos en ellas. Tú también deberías. —Se acerca para frotar la línea entre las cejas de Amber. El gesto es dulce y me hace sonreír. Me encanta ver este lado de él. Siempre supe que mi hermano sería un gran compañero, pero nunca había estado interesado en reclamar a ninguna mujer hasta ahora. Podría haber tenido elecciones en cualquier manada, pero no participó cuando nuestro padre celebró juegos de apareamiento entre manadas en Phoenix.

A mí nunca me dejaron ir, pero tampoco tenía ningún interés.

Trey se encoge de hombros y se da la vuelta. Es como un segundo hermano para mí, todos los miembros de la manada de Garrett lo son. Confiaría mi vida a ellos, sé que harían cualquier cosa por mí, en cualquier momento. Pero solo se preocupan tanto por mí porque soy la hermana de Garrett. En Phoenix es lo único que soy. Por eso pasar el rato con humanos en la universidad fue tan refrescante para mí.

Pero cuando pienso en mis amigos, ahora siento un vacío total. No puedo explicarles nada de esto. ¿Qué les diría?

La presión aumenta en mi cabeza a medida que el

sentimiento de victimización aparece de nuevo. Lágrimas calientes arden en mis ojos.

—Oye —dice Garrett mientras me agarra la nuca—. ¿Qué pasa?

—No quiero volver a la escuela —digo con voz ahogada—. Solo me queda un trimestre. Sería estúpido no terminar, pero la idea de volver a la farsa tonta que he estado viviendo, pretendiendo encajar con los humanos, me enferma físicamente.

Esta mañana les envié un mensaje de texto a mis amigos humanos para hacerles saber que estoy bien, y que tuve una experiencia desgarradora con algunos narcotraficantes mexicanos, pero que necesito algo de tiempo para recuperarme lejos de Tucson. No es verdad, pero no quiero que se presenten en mi puerta con cara de pena en sus rostros, haciéndome sentir como la víctima.

—Está bien. No tienes que volver.

Nuestros padres pueden tener algo diferente que decir sobre esa decisión, pero Garrett mantiene mi mirada y las cejas levantadas con determinación. Veo una promesa en sus ojos. De alguna manera, trató con nuestro padre en la montaña. Le hizo escuchar y no pelear. No sé cómo lo logró, porque nuestro padre es el centro alfa más grande del mundo. Pero Garrett es más fuerte ahora, más joven que él. Se acabaron los días en que mi padre le pateaba el trasero. Tal vez el poder ha cambiado. Me sorprendió que aceptara la elección de Garrett de tener una compañera humana sin pelearse con él.

—¿Qué quieres hacer, hermana?

—Recorrer Europa con una mochila —respondo.

Garrett parpadea. Me muerdo los labios. ¿En qué estaba pensando? Prácticamente puedo verlo tratando de no decir «de ninguna manera». Me dejó ir a San Carlos para las vacaciones de primavera y ha resultado ser un desastre. La idea de que me dejen viajar por Europa por mi cuenta es risible. Y, sí, incluso con veintiún años todavía estoy pidiendo permiso a mis padres y a Garrett para que me dejen hacer cosas. Por supuesto, me apoyan, vivo en uno de los edificios de apartamentos que Garrett posee, y mis padres pagan todos mis otros gastos.

«Solo tú puedes vivir tu vida. Debes ser libre de tomar sus decisiones». Este es el mejor consejo que he recibido, entregado a mí en un calabozo por un hombre aún más encarcelado que yo por la tradición de sus ancestros.

«Prométemelo», *dijo.*

Garrett llega a su decisión.

—Eso no va a suceder.

Vaya sorpresa. Dirijo la cabeza a la ventana para dar por terminada la conversación. Puede que ya no me encierren en una celda, pero sigo siendo una princesa sobreprotegida de una manada. Nunca seré libre.

~.~

ANCIANO DEL CONSEJO

—¿CÓMO nos encontraron los norteamericanos? —pregunto a los cuatro rostros arrugados de mis compañeros del consejo en la sala de reuniones. El rastro debería haber sido ilocalizable.

Don José corta el final de un cigarro Cohiba de ochocientos dólares y lo enciende. Es cubano, de una caja de edición limitada producida en 2007. Lo sé porque yo soy el que aposté por ella en una subasta el año pasado para las reuniones del consejo. José desliza la caja al hombre a su izquierda. —A través de los traficantes. O el Cosechador.

Probablemente fueron los traficantes.

—Voy a ir al D.F. —como los mexicanos llaman a la ciudad de México— para hacerles una visita. —No menciono que ya he intentado llamarlos en la Ciudad de México. Implacablemente. Los norteamericanos se detuvieron allí primero, me temo. Así que o alguien nos vendió o están todos muertos.

Si es lo primero, todos acabarán muertos cuando termine con ellos. Pero se los daré a Carlos para apaciguar su sed de venganza. Diablos, lo llevaré allí yo mismo y lo veré hacerlo. Será bueno para mi investigación verlo en acción. Aún no he visto al alfa pelear.

—¿Qué hay del chico? Él no luchó para mantenerla. —Don Mateo toma su turno con la caja de cigarros, sosteniendo uno hasta la nariz e inhalando profundamente—. ¿Crees que no está realmente apareado?

El hecho de que sigan llamando a Carlos «niño» es indicativo de la poca autoridad que ejerce sobre nosotros. Pero tenemos que tener cuidado. Ahora está enfadado con nosotros, lo que puede causar acciones imprevistas. Hubiera preferido un plan mucho más simple con procedimientos de fertilización *in vitro*.

—Creo que Carlos puede ser más valiente que egoísta. Él puede haber querido evitar el derramamiento de sangre de nuestra manada.

—O de su propia sangre —dice secamente don Mauricio.

—No. No es un cobarde. El chico es inteligente. Después de todo, es mi sobrino nieto. En la universidad de negocios norteamericana aprendió a planear estrategias. Tomó la mejor decisión que supo para proteger tanto a la chica como a la manada. No creas que no irá tras ella cuando el polvo se asiente.

—¿Sabes qué sirviente la liberó? ¿Juanito? —pregunta don José.

—Sí, pero déjalo. Carlos lo protegerá del castigo y no queremos molestar más al alfa. El único miembro de la manada que está de su lado es un niño de nueve años y una madre que está loca. Podríamos estar en peor posición.

Los hombres de la mesa se ríen conmigo.

—Llevaré a Carlos a los traficantes. Deja que gane esta ronda. Ha expuesto su opinión y ha tomado su camino. Él irá tras la hembra y la traerá de vuelta, con suerte embarazada.

—¿Cómo puedes estar seguro?

Levanto los hombros. —Es un macho alfa en el pico de la virilidad. Su lobo exigirá que esté cerca de ella.

—¿Y si decide mantenerse alejado? —pregunta don Mateo.

Sonrío.

—Mucho mejor. Solo necesitamos a la joven.

«Y me encantaría mantener su cuerpo para la experimentación».

CAPÍTULO SEIS

Carlos

ME SIENTO en el dormitorio de mi madre y la veo acercarse a la comida del desayuno que está en una bandeja frente a ella. Tiene los ojos vidriosos y la cara pálida. Han pasado tres días interminables desde que Sedona se fue. Tres días, una hora y cuarenta y tres minutos, para ser exactos.

María José, la madre de Juanito, me sirve una taza de café recién hecho. Me encanta el café cultivado aquí en nuestra montaña. Lo he estado bebiendo desde que era un cachorro. Es lo suficientemente suave como para tomarlo todo el día.

—¿Cuándo va a llegar tu padre? —me pregunta mi madre.

Mi pecho se aprieta, como siempre lo hace cuando ella olvida que está muerto.

—Se ha ido, mamá. Ahora estoy yo.

Veo un parpadeo de terror en sus ojos antes de que se

desvanezca y ella dobla la cabeza hacia su pan con mantequilla.

—Yo... encontré a una mujer, mamá. —Me sorprendo a mí mismo. No esperaba hablar de Sedona, pero está ocupando todas las partes de mi mente. Mi madre no entiende lo que digo la mitad del tiempo, pero ahora sí.

Levanta la cabeza y me mira fijamente.

—Es americana. Se llama Sedona y es muy hermosa. —«Hermosa» no le hace justicia. Exquisita. Alucinante. Un diez perfecto. Es mágica.

Mi madre se pone de pie como si Sedona estuviera aquí y yo le pongo una mano en el hombro, presionándola suavemente hacia su silla. —Ella no está aquí ahora, mamá. —Me siento de nuevo y recojo mi taza de café, mirándola mientras juega con la comida—. No sé si volverá, en realidad. —Finalmente admito la terrible verdad que ni siquiera quiero pensar. —Ella no quería ser apareada.

Para mi horror, las lágrimas brotan en los ojos de mi madre y sus labios comienzan a temblar.

—Yo tampoco quería —dice.

Joder. ¿Por qué abrí esta herida?

—Lo sé, Mamá. Por eso nunca le pediría que se quedara si no quiere estar aquí.

Las lágrimas caen libremente de los ojos marrón chocolate de mi madre a la bandeja del desayuno.

—¿Por qué no puedo ir a casa? —se lamenta.

—Mamá —me acerco a través de la mesa y cubro su mano con la mía—, porque podemos cuidar mejor de ti aquí. Y te necesito, soy tu hijo —le digo— por si se olvida de quién soy. —Carlos te necesita.

Se rompe en un sollozo sin igual. Empujo mi silla hacia atrás y camino alrededor para poner mi brazo sobre sus

EL PREMIO DEL ALFA

hombros. —Carlitos —gime mi nombre como un lamento
—, mi único hijo.

Mi madre tuvo otros cinco embarazos, pero ningún
otro llegó a término. Y me he ido todos estos años, deján-
dola sola con una manada que nunca fue suya. Soy un hijo
terrible.

Miro a María José en busca de ayuda e inmediatamente se presenta.

—Está bien, doña Carmelita. Estás triste porque aún
no ha tomado sus píldoras. —Ella recoge una pequeña
taza de medicamentos de la bandeja—. Tome esto y se
sentirá mejor.

Mi madre la empuja, esparciendo las píldoras en el
suelo y María José se pone de rodillas para recogerlas. Yo
la ayudo.

—¿Suele tomarlas voluntariamente?

María José se encoge de hombros.

—A veces. Nunca sé cómo actuará.

—¿Qué pasa cuando no las toma?

—Las escondo en su comida si puedo. Si no, hay inyec-
ciones que puedo ponerle, pero ella odia eso.

Pongo las pastillas que recogí en la taza que sostiene
María José.

—Gracias. Ha cuidado de ella durante todos estos
años. Se lo agradezco.

—Don Carlos... —María José mira hacia la puerta y
luego vuelve a mí.

—¿Sí?

—Y si... —resopla. Los dedos que agarran la taza de
pastillas se vuelven blancos por la tensión—. ¿Y si esto no
es lo que ella necesita?

La miro fijamente, tratando de entender lo que está
diciendo.

—¿Crees que son los medicamentos equivocados para ella? ¿Hacen más daño que bien?

Ella mueve la cabeza.

—Tal vez haya una manera... ¿se podría comprobar? —Ella lanza una mirada a la puerta de nuevo.

—Le preguntaré a don Santiago —le digo, moviéndome hacia la puerta. Don Santiago, hermano de mi abuelo, tiene un doctorado en bioquímica. No es exactamente un médico, pero actúa como el consultor médico de la manada.

—¡No! —María José me agarra del brazo. Sus ojos parpadean de pánico. Inmediatamente me suelta el brazo, sin duda dándose cuenta de lo inapropiado que es para ella agarrar a un alfa. Agachando la cabeza, inclina la taza de pastillas de un lado a otro con una mano temblorosa—. Consulte a otro —susurra—. No de la manada. Llévela a la ciudad. A Norteamérica. No le pregunte a don Santiago.

Mi piel se crispa con lo que no está diciendo. Agarro las partes superiores de sus dos brazos y resoplo hasta que mira hacia arriba.

—¿Por qué no debería preguntarle a don Santiago? —pregunto con voz amenazante ante la sugerencia de que el lobo que trata a mi madre podría no ser de confianza.

La pobre María José se retuerce en mis manos.

—Por favor, señor. No es nada. Olvide lo que dije. Se lo ruego.

—No, María José. Dígame. ¿Cree que debería preguntarle a alguien además de don Santiago? ¿Por qué?

María José parpadea rápidamente, todavía luchando por liberarse de mí. Relajo mis dedos, temiendo hacerle daño.

—Soy una estúpida —murmura—, no quise decir nada. No considere las palabras de una sirvienta idiota. —Ella trata de liberarse de nuevo y esta vez la dejo ir.

Mi estómago se retuerce. Hay algo que está pasando aquí que no me gusta nada.

Observo mientras María José convence a mi madre, dócil ahora, de tomar sus píldoras. Considero mis opciones. Los lobos generalmente no requieren el cuidado de un médico, ya que nos curamos rápidamente y rara vez sufrimos enfermedades, pero puede haber algún médico cambiante en los Estados Unidos. No lo sé.

Beso a mi madre en la cabeza y me voy a mi habitación, que funciona como mi oficina. Desde que Sedona se marchó he estado haciendo listas y reorganizando los planes e ideas que tenía para el crecimiento y modernización de Monte Lobo. La mayor parte requiere dinero, lo que significa que necesito investigar las finanzas de la manada, averiguar cuánto tenemos disponible para gastar. El problema es que le he pedido al consejo la contabilidad cinco veces y aún no he recibido nada.

Tampoco he decidido qué hacer con el maldito consejo. Necesito despojarlos de parte de su poder y castigar sus acciones contra mí. Pero antes de hacer eso, debo entender realmente toda la dinámica de este sitio. No tengo ningún apoyo de los miembros de la manada, ¿y por qué debería tenerlo? No he estado aquí para guiarlos. Y sin la manada, con el consejo diciendo que estoy tan loco como mi madre, fácilmente podría terminar en esa maldita celda otra vez. O muerto. Pero esa parte no me preocupa. Es la seguridad de mi madre lo que me mantiene cauteloso. El consejo puede ser vicioso, ya lo he visto antes.

Recuerdo una vez, de niño, oler la sangre de su sala de reuniones mientras llamaban a los miembros de la manada por crímenes incalculables. Había secretismo y temor al proceso. Susurros y terror. Mi padre había estado fuera. Cuando regresó, lo recuerdo gritando al consejo, discutiendo con ellos durante horas, pero no pasó nada.

¿Había sido tan ineficaz como yo contra ellos? ¿Por qué? ¿Cuánto tiempo ha estado vigente esta forma de mando en la manada de Monte Lobo? Porque seguro que no es la naturaleza del lobo. Ninguna otra manada en el mundo se gestiona de esta manera, hasta donde yo sé.

Pero el hecho de que las cosas siempre hayan sido así no significa que no pueda cambiarlas. Solo necesito ser inteligente. Tener un plan.

Me froto la cara mientras camino a mi habitación. Es la suite principal de la hacienda, la habitación que solía pertenecer a mis padres. Me la dieron cuando regresé como un símbolo vacío de mi estatus de alfa.

Me quedo en la ventana y miro hacia fuera. Es difícil hacer que mi cerebro se centre en algo además de Sedona. Todavía me imagino que la huelo en mis dedos, la pruebo con mi lengua. La imagen de su sonrisa, sus hermosas piernas largas, ese cuerpo perfecto que juega delante de mis ojos una y otra vez.

Oigo su voz ronca. Sueño con reclamarla una y otra vez, toda la noche. Mis días son una tortura de recuerdos sin fin de Sedona.

Y no soporto que ni siquiera haya hablado con ella desde que se fue. Ni siquiera sé su apellido. Su número de teléfono. Su dirección. Pero es mejor así. ¿Qué diría después de todo? «Siento que mi manada te haya mantenido prisionera. Nunca quise hacerte eso, así que… ¿ten una buena vida?».

Suspiro y hundo los dedos en mi cabello.

Suena un golpe en mi puerta.

—Entra.

Don Santiago abre la puerta, entra y se pasea por la habitación.

Vuelvo a la ventana. —¿Cuándo conseguirás a los traficantes?

—No puedo encontrarlos por teléfono. Es posible que los norteamericanos ya se ocuparan de ellos. Tengo la dirección de su almacén si quieres comprobarlo.

Estoy sorprendido y sospecho por esta oferta. ¿Por qué no se hizo inicialmente?

—¿Dónde está?

—En el D.F. Ciudad de México. —Eso coincide con lo que Sedona me dijo.

—¿Cuándo te centrarás en tu hembra?

Me sacudo, sorprendido por la pregunta.

—Si está embarazada, tendrás que asumir la responsabilidad del niño.

«Embarazada». Estoy seguro de que la sangre sube por mi cara. ¿Por qué no había considerado la posibilidad? Sedona podría estar llevando a mi cachorro ahora mismo. Puede que me necesite. Estos últimos días pensé que le estaba haciendo un favor al mantenerme alejado, pero ¿y si realmente no estoy cumpliendo con mi deber con ella? Si lleva a mi hijo le debo mi apoyo, mi protección.

Sedona embarazada. El pensamiento me hace querer correr y aullar, ya sea por alegría o desesperación, no estoy seguro. Todas las ganas de estar cerca de Sedona salen gritando a la superficie. He estado luchando contra este sentimiento, pero ahora, con este pensamiento de mi hermosa mujer sola, abandonada y embarazada, no puedo quedarme quieto.

Me levanto de un salto y empaco una maleta antes de admitir lo que estoy haciendo.

—Te llevaré al D.F., tengo un mandado allí —dice don Santiago casualmente—. Puedes echar un vistazo al almacén antes de irte.

Me la acaban de jugar y me importa una mierda. No se me ocurre nada más que llegar a Sedona. Necesito encontrarla, verificar que esté a salvo y hacerle todas las

promesas que se merece. Estaré allí para ella. Yo le propor-
cionaré todo lo que necesita. La protegeré.

Lo quiera o no.

~.~

SEDONA

APARCO MI JEEP fuera del edificio de apartamentos de
Garrett y salgo. Es viernes por la noche, así que Garrett
debería estar trabajando en su club nocturno, pero con
una nueva compañera, podría estar en casa. En cualquier
caso no estoy aquí para verlo. El motivo de venir un
viernes por la noche es porque quiero hablar con Amber,
su compañera. Porque además de que mi mente se
retuerce pensando en lo que pasó entre Carlos y yo, tengo
una nueva ansiedad. Una enorme. Una pregunta que se
avecina y que tendría que esperar una o dos semanas para
obtener una respuesta... a menos que fuera vidente.

Entro en el edificio y tomo el ascensor hasta el cuarto
piso. Sé que el apartamento de Amber está al lado del de
Garrett. Asumo que se quedarán allí, ya que Garrett vive
con Trey y Jared, y dudo que Amber quiera formar parte
de esa fiesta de fraternidad.

Siento la esencia de Amber en la entrada a la izquierda
de la de Garrett y golpeo la puerta. La oigo al otro lado y
no capto el aroma de Garrett.

—¿Amber? Soy Sedona.

La puerta se abre de par en par. El cabello rubio de
Amber está recogido en un moño francés y todavía lleva su

ropa de trabajo, luciendo sexy con una blusa de seda y falda de tubo. Al verla así, pienso que no es la clase de mujer que habría adivinado que Garrett elegiría. Ella es elegante y refinada; él es rudo, una fuerza bruta, pero su calidez es real cuando me invita a entrar.

—Garrett no está aquí, pero iba a tratar de volver a casa temprano.

—Eso está bien. En realidad vine a verte a ti.

No parece sorprendida. Supongo que los psíquicos saben cuándo vienes.

—¿Quieres algo de beber? —me pregunta mientras camina hacia la nevera con los pies descalzos—. No tengo muchas bebidas, pero hay un poco de ginger ale que Garrett ha traído. Y cerveza.

—Ginger ale suena muy bien. —Acepto la botella helada y Amber agarra un abridor de un cajón. Ella primero me pasa la suya y yo la cambio por la que tengo en la mano.

Miro alrededor de su apartamento. Está brillantemente pulcro pero no está del todo ordenado, si eso tiene sentido. No hay suciedad ni polvo, pero hay papeles esparcidos en el escritorio y un par de tacones altos tirados sin contemplaciones en la puerta principal.

—Así que, um... ¿Cómo te sientes? —me pregunta.

Eh. Esta definitivamente no es la conversación que quiero tener, a pesar de que sé que ella está realmente preocupada por mi respuesta. Lanzo un suspiro y le cuento por qué estoy aquí.

—Sé que no querías que usaras tus habilidades para decirme nada sobre Carlos, pero... —tomo un trago, es más difícil decirlo de lo que esperaba— me preguntaba si... quiero decir... empecé a preocuparme. —Camino alrededor de su sala sin poder enfrentarla directamente.

—Sí —ella susurra, y cada vello en mis brazos se eriza.

Pero ni siquiera sé si está respondiendo a la pregunta correcta. Me doy la vuelta y la miro fijamente.

Ella se enrojece, la incertidumbre se apodera de su expresión, como si fuera un espejo de mis sentimientos.

—¿Sí? ¿Estoy embarazada? —espeto.

Amber enrojece y asiente con la mente.

—Eso es lo que vi.

Agarro una silla para evitar caerme. La sala gira a mi alrededor y el suelo posiblemente se inclina también. No sé lo que pienso ni siento, pero mi instinto cree que tiene razón. Mi instinto lo sabía hace dos días, simplemente no me permití escucharlo.

«¡Mierda!».

—¿Estás segura?

El pomo de la puerta se mueve y maldigo para mis adentros cuando la silueta descomunal de Garrett entra con una caja de comida para llevar.

—¿Segura de qué? —Su voz es aguda.

Por supuesto que nos escuchó, es un cambiante.

—¿Se lo dijiste? —pregunto débilmente, todavía aferrada a la silla para mantenerme erguida.

La mirada de Amber se clava en Garrett:

—No.

Garrett acecha, aplastando la caja de comida en su mano. Alguien que no supiera que mi hermano es un oso de peluche gigante con las mujeres que ama podría tener miedo. Sus miembros de la manada se enderezan con solo ver el destello de plata en sus ojos. Pero no tengo miedo, y Amber tampoco, aunque siento su incomodidad. Ella da un paso adelante para salvar la caja de comida, desplazándola rápidamente a la encimera antes de que todo el contenido se vuelque del envase destrozado.

—¿Decirme qué?

Me obligo a respirar.

Amber no responde, probablemente respetando mi derecho a decírselo o no.

Mi mano se mueve para proteger mi abdomen inferior y los ojos de Garrett se ensanchan.

—Oh, *joder* —se deja caer en el sofá—, necesito sentarme.

—Yo también —digo.

Garrett se frota la cara.

—Oh, nena. Pensé en esa posibilidad. Estaba tan preocupado por liberarte y por tu estado mental.

—Lo sé —suspiro—, yo también.

Garrett levanta la cara de sus manos y se pone de pie de un salto dirigiéndose hacia mí. Me toma por los dos codos.

—Voy a estar a tu favor en lo que decidas hacer.

Me alejo de él. Odio que me sujete tan cerca. Aprecio lo que está diciendo, pero mi mamá loba gruñe ante la sugerencia de hacer cualquier cosa excepto mantener a mi cachorro.

—¿Pero podré retenerlo?

Humedezco mis labios.

—¿Qué crees que hará Carlos si se entera?

Los labios de mi hermano se tensan y su pecho se expande. Sé que haría cualquier cosa a su alcance para protegerme a mí o a mi cachorro de cualquier amenaza.

—Si trata de arrebatarte al cachorro…

—¿Crees que lo hará? —le interrumpo.

La cara Garrett se endurece.

—Cada lobo macho apareado necesita proteger a su hembra. Multiplica esa necesidad por cien por un macho alfa. ¿Y un macho alfa con una hembra embarazada? —Garrett sacude la cabeza—. Se necesitaría una manada entera para mantenerlo alejado.

Debí dejar que Garrett se aferrara a mí, porque el piso

se inclina hacia los lados otra vez. Mi sangre se desploma a mis pies. No puedo poner en peligro las manadas de Garrett o la de mi padre. Pero tal vez Carlos no se entere. Aún no ha venido a buscarme, no ha hecho ningún intento de contactarme. Tal vez pueda mantener en secreto para su manada el hecho de que concebí un cachorro.

—Te voy a trasladar a este edificio de apartamentos. Es donde te quería desde el principio —declara Garrett.

Recuerdo la discusión. Le había rogado que me dejara quedarme en uno de sus edificios más cerca del campus, y más lejos de su ojo vigilante. Había cedido, porque a pesar de que es un alfa sobreprotector, también es un amor.

—Yo… —empiezo a discutir, y luego cambio de opinión. Será mejor que no le diga lo que estoy pensando —. Me parece muy bien.

Los hombros de Garrett se hunden.

—Voy a llamar a la manada a primera hora de mañana. No te preocupes, harán todo. No tienes que preocuparte por nada, ¿de acuerdo, nena?

Asiento y me dispongo a salir por la puerta, pero antes me despido:

—De acuerdo, gracias. Gracias, Amber.

—Tal vez deberías quedarte aquí esta noche —dice Garrett.

Sabía que lo iba a proponer.

—No, estaré bien. No queda nada para mañana. Buenas noches. —Me voy antes de que pueda pensarlo más.

Carlos puede venir a buscarme, y si lo hace, necesito estar fuera de Tucson. De hecho, estoy más segura si nadie sabe dónde estoy.

~.~

Carlos

Acecho en las sombras del edificio de apartamentos de Sedona como un ladrón.

Supongo que soy un ladrón esperando para robar, ¿el qué? ¿el corazón de Sedona? ¿su cuerpo? *Carajo,* me conformaría con unos minutos de su tiempo.

Pero no está en su casa de momento. Encontrarla me tomó poco esfuerzo. En lugar de preguntar en la comunidad cambiante, que alertaría a la manada de su hermano con mi presencia, busqué la palabra *Sedona* y *arte de la Universidad de Arizona* hasta que encontré una mención de una exposición en la que participó y descubrí su apellido. A partir de ahí, investigué hasta que encontré una dirección y recé porque estuviera actualizada. A juzgar por su olor, que permanece alrededor de un apartamento en la planta superior, lo es.

Ahora, estando cerca de donde vive, cerca para verla, mi carne arde. No puedo sacarme de la cabeza la imagen de sus labios hinchados y recién besados. Recuerdo la forma en que sus pestañas revoloteaban justo antes de que ella llegara al orgasmo. Y su gusto. Me muero por volver a meterme entre esos hermosos muslos y lamerla hasta que grite.

«Mi Sedona».

Un Jeep se detiene y sé antes de ver la figura al volante que es ella. Ella sale, luciendo cada centímetro de diosa de la juventud y la fertilidad. Lleva el pelo castaño recogido en una coleta gruesa que se balancea cuando camina. Viste un par de pantalones cortos, tiene sus largas piernas bronceadas y elegantes. Oh, demonios, la curva de su trasero casi se muestra en la parte de atrás donde están cortados. Un gruñido bajo retumba en mi garganta pensando en todos los machos que la han visto vestida de esta manera.

No creo que me haya oído, pero echa un vistazo sobre el hombro y acelera el ritmo. Me escabullo a lo largo del edificio mientras se acerca a la puerta principal.

«¡*Joder!*».

Hay una tarjeta para entrar. Solo debe estar cerrado por la noche, porque había entrado antes. Se desliza y cierra la puerta, mirando hacia la oscuridad como si supiera que estoy aquí.

¡Mierda! Me congelo y me agacho de nuevo en las sombras. Cuando ella desaparece, me arrastro más cerca para ver la situación de la puerta.

Estoy de suerte. Una pareja sale, discutiendo sobre algo y me muevo rápidamente hacia adelante, caminando como si fuera el dueño del lugar, y sujeto la puerta. Hay un ascensor, pero tomo las escaleras, usando un poco de poder de cambiante para subirlas a toda velocidad. Saldré en el tercer piso al mismo tiempo que se abre el ascensor. Sedona me ve y sus ojos se abren de par en par.

—¡Carlos!

Empiezo a acercarme, pero sus próximas palabras me detienen.

—¿Te envió el consejo?

—¿Qué? —me trago un gruñido—. No, por supuesto que no. —Aunque Santiago lo mencionara, la idea ya estaba en mi cabeza. Tienen suerte de estar vivos, después de la artimaña que pergeñaron. Vine porque tenía que verte. Solo soy yo, Sedona. Solo yo.

Ojalá pudiera informarle de que fui al lugar de su secuestro, pero cuando llegué al almacén, encontré el lugar acordonado con cinta amarilla de la policía, y empapado en el olor de la sangre de los cambiantes. Santiago tenía razón, la manada de su familia llegó primero.

Sedona asiente lentamente, pero para mi sorpresa se da la vuelta y se dirige hacia su apartamento como si pensara que puede huir de mí.

Debería saber mejor que no hay que escapar de un lobo alfa. Detener el impulso a la persecución es imposible para mí. Estoy con ella antes de poder enviar la orden a mi cerebro para retenerme. Agarro a la puerta y le pongo un brazo alrededor de la cintura, le sujeto la muñeca que sostiene su llave en la cerradura con el otro.

Su olor no me ayuda a controlar a mi lobo. Su aroma es como el de las manzanas al sol, incluso mejor de lo que recordaba, embriagador. No capto el olor del embarazo, pero sería demasiado pronto. Entierro la cara en su hombro, arrastro los labios por la columna de su cuello. Mi polla, ya pesada por la simple visión de ella, se endurece en mis pantalones.

—Sedona, hermosa loba, ¿por qué me tienes miedo?

Ella me teme, incluso está temblando, y esa es la parte que me descompone por no poder dejarla ir. Pero no puedo hacerlo, porque ahora que está en mis brazos soy incapaz de liberarla. Su espalda presiona contra mi pecho con cada respiración que toma, y tengo la vista perfecta de su escote, subiendo y cayendo. Me siento mejor por el hecho de que sus pezones están duros, tentando su delgada camiseta ajustada.

Embriagado por la sensación de tenerla, deslizo la palma dentro de su camisa, hasta un pecho del tamaño de mi palma, que aprieto y amaso, memorizando el peso, el volumen, la suavidad.

Su aliento se asoma en una exhalación.

—Quítate de encima. —Su voz no coincide con las palabras y mi lobo no le cree.

—¿Crees que alguna vez te haría daño, hermosa? —Le pellizco la oreja.

El aroma de su excitación llega a mis fosas nasales y respiro profundamente.

—N-no.

—¿Solo querías hacer que te persiguiera? —Llevo los dedos de mi otra mano a su monte de Venus, presionando mi dedo medio en la costura de sus pantalones cortos.

Su cabeza retrocede y suelta un gemido que va directo a mi polla.

Incluso a través de la tela de sus pantalones cortos y sus bragas, noto su creciente humedad mientras presiono los dedos contra su calor.

—Siempre te voy a perseguir, ángel. —Mordisqueo su hombro con los dientes sobre el lugar que la marcé hace menos de una semana—. Porque me perteneces.

Ella se estremece y me doy cuenta inmediatamente de mi colosal error.

—Yo no te pertenezco. —Esta vez, cuando se aleja, la libero a regañadientes—. Solo porque me marcaste, no significa que seas dueño de mí. Por eso corrí.

Mete la llave en la cerradura, pero sus dedos tiemblan demasiado para conseguir abrirla en el primer intento, dándome unos segundos preciosos para tratar de retenerla.

—Sedona. Lo siento. —Pongo mi mano sobre la cerradura antes de que pueda intentarlo de nuevo—. Eso no es lo que quise decir. Mi lobo está gruñendo para reclamarte, eso es todo. —Inclino mi otra mano contra la puerta, encerrándola entre mis brazos, cubriéndola con el calor de mi torso—. No soy tan estúpido o machista para pensar que tengo algún derecho sobre ti. Vine porque quería asegurarme de que estuvieras bien. No podía quedarme lejos.

—Bueno, vas a tener que hacerlo. Necesito espacio, Carlos. —Se vuelve, y sus suaves curvas rozan mi ropa e incendian todas las partes que toca. Me pone una mano en el pecho e intenta empujar. Ella es una loba alfa, así que es fuerte, pero todavía no me mueve.

—No me hagas llamar a mi hermano, Carlos. Una palabra mía y te destrozará.

Odio la dirección que ha tomado esto. Lo arruiné todo. Su hermano podría intentarlo, pero estoy seguro de que ningún lobo podría mantenerme lejos de Sedona si estoy en desafío. Pero no quiero pelear con su familia.

—Podrías haberme rescatado en Monte Lobo, pero no lo hiciste.

Su bravuconería se quiebra y el dolor revolotea sobre su cara.

—Me dejaste ir —susurra.

No puedo decidir si me está agradeciendo o amonestando. La idea de que no quería ser liberada nunca se me ocurrió, y creer que podría haber sido herida por mis acciones me hace querer apuñalarme con un cuchillo en el pecho. Pero no hubiera querido quedarse. Eso es imposible.

La agonía de no saber lo que quiere decir me pone audaz. Sin tocarla con las manos, aplasto mi boca sobre la suya, empujando hasta que su cabeza golpea la puerta. Una vez que tengo influencia, lamo sus labios e inclino la cabeza para obtener el mejor ángulo.

Si no me hubiera besado de vuelta, me habría retirado, no importa lo que mi lobo quisiera, pero ella se derrite en el beso, su lengua se encuentra con la mía, los labios moviéndose contra los míos. Hasta que me muerde el labio inferior lo suficientemente fuerte como para extraer sangre.

Me congelo mientras ella lo sostiene rápido, echándose hacia atrás. Cuando la libero, hay un aluvión de ira y desafío en sus hermosos ojos azules.

—Retrocede, Carlos.

Inmediatamente me retiro, con las manos en el aire.

«Joder. Deja de pensar con tu pene, imbécil».

—Sedona, por favor. No hay reclamos sobre ti. Solo quiero… —rastreo en mi cerebro para decir lo correcto—: una cita contigo. Déjame llevarte a cenar, a desayunar, cualquier cosa. Encuéntrame en un lugar público. No te tocaré, solo quiero tener la oportunidad de estar cerca de ti. Para hablar. Por favor, ¿por favor?

Sedona asiente, pero está agachando la cabeza de vuelta a la puerta, sin encontrarse con mis ojos.

—Sí, está bien. Mañana por la noche. A las siete. — Abre la puerta y entra en el apartamento, cerrando el pestillo si mirar hacia atrás.

Mi puño de lobo bombea, pero mi cerebro funciona mejor. Ella no tiene intención de reunirse conmigo. Solo dijo lo que fuera necesario para terminar la conversación.

Me escarbo el cabello con los dedos y miro el piso de azulejos del pasillo.

Gané su cuerpo con la ayuda de la luna llena y un espacio confinado. ¿Pero cómo ganaré su corazón?

CAPÍTULO SIETE

Sedona

Tres a.m., mi alarma se apaga. Estoy levantada, fuera de la cama y arrastrando mi pequeña maleta púrpura de ruedas. La misma que llevé a San Carlos hace poco más de una semana. Hace toda una vida.

Si fuera inteligente, iría al banco y tomaría todo mi dinero en efectivo, pero no hay tiempo. Encontré un vuelo a París a las siete menos cuarto, y planeo estar en él. Necesito salir de la ciudad, ahora.

«Deberías ser libre de tomar tus decisiones», me dijo. Sí, claro. Puede que crea eso en teoría, pero en cuanto Carlos sepa que llevo a su cachorro, tendré suerte si no me arrastra de vuelta a la celda del calabozo. No podrá contenerse como no pudo evitar marcarme. Los lobos alfa son dominantes, posesivos y controladores.

—Él no tiene ningún derecho sobre mí —murmuro, mientras mezclo camisas y bragas en mi bolso. Un vestido, un par de botas. Mis labios hormiguean con el recuerdo de su beso, y elimino el fantasma de su esencia—. Yo era solo

119

un pedazo conveniente de carne. No soy su compañera. —Ignoro la protesta de mi loba, meto otro par de *jeans* en la maleta y tiro de la cremallera. No tengo ni idea de qué empacar para ir a Europa, pero supongo que tienen lugares en los que venden ropa. Si necesito algo, puedo comprarlo si mi padre no me cancela la tarjeta de crédito para forzarme a volver a casa.

Por suerte me molesté en conseguir un pasaporte para ir a San Carlos.

Mi teléfono suena cuando llega el Uber. No permito que el conductor intente ayudarme a poner mi maleta en el maletero y lo hago yo misma, luego salto a la parte trasera de su coche, mirando alrededor para escanear el área que nos rodea. Nadie está cerca, pero la parte posterior de mi cuello se descarna como si me estuvieran vigilando.

Me registro en el aeropuerto, compro una botella de agua y le digo a mi corazón acelerado que se calme. «No hay forma de que sepa que estoy aquí». Pero decirme eso no ayuda. Todavía puedo sentirlo, como si recién me hubiera tocado y se hubiera alejado después. Apenas dormí anoche y cuando lo hice, mis sueños eran todos con Carlos. Mi piel me alerta sobre la necesidad de cambiar, como si pudiera atacarme en cualquier momento.

Pero eso es una tontería. Carlos no me atacaría. Dijo que solo quería hablar. Ir a una cita, como una pareja normal.

¿Cómo sería salir con Carlos? La idea de sentarme frente a él en una mesa a la luz de las velas me atrae más de lo que me gustaría admitir. Si nos hubiéramos conocido en diferentes circunstancias… Me deleito en una fantasía tonta: Carlos está visitando los Estados Unidos, tal vez estableciendo un negocio para su manada. Nos encontramos por casualidad: en un pasillo o viene a mi exposición de arte. No, está por delante de mí en la fila de Starbucks. Me huele, reconoce lo que soy y se vuelve, sus ojos oscuros brillan con interés.

Coqueteamos. Me pide que cene con él. Me encanta, me siento atraída por su buen aspecto, cautivada por su inteligencia y logros. Me habla de Monte Lobo.

Um. No. Un tema más feliz, entonces. Me cuenta historias divertidas de sus días universitarios. Me lleva a la cama con él. Mi primera vez estoy nerviosa y es emocionante. Lo hace ultra romántico, vertiendo vino fresco en vasos. Es gentil y sensible.

Um. No. De alguna manera esta fantasía es totalmente aburrida. Supongo que prefiero la brutalidad salvaje de la forma en que sucedió en Monte Lobo.

«¿Solo querías hacer que te persiguiera?».

Una nueva fantasía flota en mi mente. Estamos en el bosque, pero en forma humana. Estoy corriendo, él me persigue. Me ata al suelo, me clava las muñecas en la cabeza mientras me folla. Tiro la cabeza hacia atrás, grito por la mezcla de dolor y placer. Se reafirma en lo que desea, de manera tan apasionada que es incapaz de detenerse. Me quejo y me retuerzo bajo él resistiéndome, pero solo porque me encanta sentir su fuerza, haciendo que me sujete y me obligue...

Aprieto los muslos para aliviar el pulso del calor que comienza allí.

«Maldita sea».

Me sentiré mejor una vez que haya un océano entre nosotros. Tendré algo de espacio y tiempo para considerar mis opciones, decidir cómo proceder. Tal vez cuando llegue a casa, le permita a Carlos cortejarme, como él sugirió.

¿Pero entonces qué? ¿Voy a ir en serio con el macho de una manada que me compró? ¿Eso me convierte en un *premio* para su alfa? ¿Cómo se vería nuestra relación? ¿Me mudaría a Monte Lobo?

«¡Nunca!».

Y no podría pedirle a un lobo alfa que abandonara a su manada por mí. No, lo mejor es mantener este embarazo en secreto y no volver a tener contacto con Carlos. Quizá cuando nuestro cachorro llegue a la edad adulta, le diré la verdad sobre cómo fue concebido.

Pero tengo dieciocho años para averiguar esa parte.

Por ahora, mi decisión está tomada. No más Carlos.

Puede que me haya marcado, pero no significa que no pueda encontrar felicidad con otro lobo. Uno que me defienda a mí y a mi cachorro contra Carlos y su manada.

¿Por qué ese pensamiento me provoca una desagradable ola de náuseas?

De acuerdo, tal vez no encuentre otro lobo. Me casaré con mi arte, encontraré la felicidad de esa manera.

«Prométemelo».

Me froto el pecho como si pudiera expulsar el dolor. Probablemente no siempre me dolerá tanto esta situación. ¿O sí?

~.~

Carlos

Compro una camiseta de la Universidad de Arizona y una gorra en la tienda del aeropuerto. Entro en el servicio de los hombres, me afeito y me aplico una loción sobre la cara, el cuello y las manos para enmascarar mi aroma. Me cambio la parte de abajo, arrugada por la larga noche que pasé durmiendo en mi coche de alquiler fuera del edificio de Sedona. Compré a propósito una camiseta roja de tamaño demasiado grande para no llamar la atención sobre mi físico de cambiante musculoso. No es que piense que las mujeres se lanzarán sobre mí, pero prefiero mezclarme como un estadounidense promedio de hoy en día. O promedio mexicano-estadounidense, de los cuales hay muchos en Tucson. Si me concentro, incluso puedo hablar sin ningún acento.

Arrancó la etiqueta de la gorra y la encajo sobre mis ojos, luego me examino en el espejo. Servirá. Ahora solo necesito recordar volver a aplicarme la loción durante el vuelo, y con suerte, Sedona no me olerá mientras voy en el avión con ella hasta París.

Fue difícil acecharla por detrás, estar lo suficientemente cerca como para escucharla reservar su vuelo, pero lejos para no desencadenar su sensible sentido del olfato, pero lo logré.

Adopto un paso casual mientras salgo del baño y cruzo nuestra puerta de embarque, eligiendo un lugar para sentarme que esté al otro lado del camino y me dé una excelente vista de mi hermosa pareja.

Su cabello está suelto esta mañana, derramado sobre sus esbeltos hombros, enmarcando sus pechos lujuriosos. Está vestida con un par de jeans que deberían ser ilegales para cualquier mujer con un trasero como el de ella y está apretando sus muslos juntos como...

¡Que me jodan! ¿Se está dando placer?

Las mejillas de Sedona se enrojecen y ella continúa presionando sus rodillas juntas, cambiando sus caderas como si estuviera encendida.

Casi no contengo el gruñido que se levanta en mi garganta mientras miro alrededor de la zona de estar con furia. ¿Quién la ha encendido así? Lo mataré.

Pero no veo a ningún hombre que despierte su emoción.

Entonces deben de ser sus propios pensamientos.

«¿Podría estar pensando en mí?».

Ese pensamiento casi me pone de rodillas, el deseo de extender sus muslos sedosos y aplicar mi lengua sobre su corazón rosado allí abajo es tan abrumador que me marea.

Sedona. Mi hermosa loba.

Me muevo para reacomodar mi polla tensa en mis pantalones vaqueros. La necesito a ella como el aire para respirar.

Afortunadamente, anuncian nuestro vuelo y Sedona reúne sus cosas y se pone de pie. Otro minuto y habría estado en el suelo entre sus rodillas.

Recojo mi bolso y me paro, metiéndome en medio de la multitud, mezclándome. Embarcamos en el avión y de alguna manera, me las arreglo para pasar cerca de Sedona sin que ella se dé cuenta de mí. Tomo mi asiento al otro lado del pasillo, luego encajo mi gorra aún más sobre mi cara.

Después de que el avión se eleva en el aire, Sedona saca un cuaderno de bocetos y lo abre en una página en blanco. Con movimientos rápidos de un bolígrafo de tinta negro, esboza algo que no puedo ver desde donde estoy sentado.

Me duele no saber lo que está dibujando. Ni siquiera he visto el arte de mi compañera, lo cual me destripa. Hay tanto que no sé de ella, lo que le gusta, lo que no. Por qué quiere ir a París.

Ni siquiera sé lo que estoy haciendo. En algún lugar de mi mente está la idea molesta de que el consejo convenientemente se deshizo de mí antes de que les hiciera pagar por lo que le hicieron a Sedona. Antes de poder interferir con el *status quo* que solo les beneficia a ellos. Mi manada me necesita y estoy fuera de juego otra vez.

Pero mi lobo me obligó a seguir a Sedona. Ahora me estoy arrastrando como un acosador, escondiéndome a simple vista de mi compañera. ¿Cuál es mi plan? ¿Convencerla para salir conmigo en París?

De hecho, me burlo en voz alta.

Si mi presencia en Tucson la molestó lo suficiente como para dejar el país, ¿qué me hace pensar que alguna vez me aceptará después de haberla seguido por medio mundo? Vine a averiguar si está embarazada, a cuidarla y protegerla.

Pero es demasiado pronto para saber si está embarazada de un cachorro, y obviamente no está interesada en mis provisiones o protección. Cortejarla tampoco es una opción. Claramente no quiere verme. Y nunca la reclamaré contra su voluntad. Así que eso me deja donde estoy, acechando en las sombras, esperando saber si está embarazada, listo para protegerla si me necesita.

Entonces, ¿qué haré si lleva a mi cachorro?

La consternación me retuerce.

Mis opciones son totalmente horribles.

Capturarla. O dejarla ir.

«Joder».

CAPÍTULO OCHO

Garrett

SEDONA NO CONTESTA cuando la llamo por teléfono ni cuando voy a su casa, a pesar de que su coche está aparcado fuera. Hace un mes, me habría encogido de hombros como si fuera otra mudanza irresponsable de estudiantes universitarios. Pero después de lo que le sucedió la semana pasada, mi paranoia se dispara por las nubes.

Golpeo su puerta con el puño hasta que rompo la madera maciza.

—¡Sedona!

Trey y Jared cambian detrás de mí. El resto de mi manada llegará en unos minutos para mover las cosas de Sedona a mi edificio.

—Tienes una llave, ya sabes —me recuerda Trey.

Maldigo y saco mi llavero, encuentro la llave maestra de todo el edificio y la inserto en la cerradura.

En el interior, el apartamento de Sedona es un desastre. No es como si hubiera sido saqueado, solo parece su caos habitual. Ella definitivamente no ha puesto ningún esfuerzo en embalar sus cosas para la mudanza, pero le había dicho que no tenía que hacerlo.

Miro alrededor de la habitación y mi piel se tensa con inquietud.

—Te dejó una nota, G —me dice Jared y me entrega un pedazo de papel de cuaderno con el garabato apresurado de Sedona.

GARRETT:

Me voy de la ciudad por un tiempo. No te preocupes por mí, estoy bien, solo necesito un poco de tiempo a solas para pensar y procesar.

Te quiero.

Besos y abrazos, Sedona

ARRUGO el papel en la mano y lo lanzo a la pared, incapaz de detener el rugido de frustración que sale de mi boca.

Toda mi manada, menos Tank, que todavía está ocupado con el trabajo que le di de vigilar a Foxfire, la mejor amiga de Amber, elige ese momento para aparecer. Se agolpan en la habitación con sus cuerpos descomunales llenando el pequeño espacio hasta que parece que estamos en mi club nocturno un sábado por la noche. Doy órdenes para empacar las cosas, cargarlas en el camión y poder salir para llamar a mi hermana menor una vez más.

Mi llamada va directamente al correo de voz. Al igual que ocurrió el pasado fin de semana. Pero esta vez ha dejado una nota. Y probablemente no esté respondiendo porque no quiere que la detenga.

Saco mi teléfono obligándome a respirar profundamente primero para evitar aplastarlo con mi mano. Envío un mensaje de texto a Sedona: «Por favor, llámame o envíame un mensaje de texto para hacerme saber que llegaste bien».

El mensaje no es demasiado intrusivo, pero es claro y firme. El verdadero problema será evitar que mi padre aparezca como una bala. Pero al igual que cuando desapareció, estoy en la posición de decidir cuánta información le doy y cuándo. Voy a evitar que interfiera incluso cuando mis propios instintos gritan para que vaya tras ella y asegurarme de que está a salvo.

Tal vez hay una manera de asegurarse. Cojo la nota arrugada y la meto en el bolsillo de mis pantalones vaqueros.

—Os encontraré en su nuevo apartamento —le digo a Jared y me dirijo hacia mi motocicleta.

Amber odia que la usemos como vidente, pero cuanto más practique su don, más pronto aceptará este lado mágico que posee. ¿Y quién mejor para incentivarla que su nueva pareja?

Regreso velozmente a mi edificio de apartamentos y encuentro a Amber aún dormida en la cama. Es normal teniendo en cuenta que es un sábado y la mantuve despierta la mayor parte de la noche, gritando para que la liberara hasta que se quedó ronca.

Cuando entro en la habitación se da la vuelta, sonríe y tararea suavemente. Su cuerpo desnudo está retorcido en una sábana lavanda y no puedo resistir el impulso de tirar de la sábana y simplemente mirar lo que ahora me pertenece.

Amber se apoya en sus codos, estudiándome. No de la manera lujuriosa con la que la estoy mirando, sino con preocupación. Puede leer mi preocupación.

—¿Qué ocurre?

Me arrastro sobre ella y corro mi lengua sobre la herida que le hice al marcarla y que aún está cicatrizando.

A diferencia de Sedona, cuya marca se cerró inmediatamente, Amber es humana, por lo que su carne no se regenera tan rápido como la nuestra. Sin embargo, mi saliva ayuda a acelerar el proceso.

Ella inclina la cabeza hacia un lado y hace ese adorable ronroneo de nuevo manteniéndose cerca de mí.

—¿Qué ha pasado?

—Sedona se ha ido. Dejó una nota diciendo que se va de la ciudad. Supongo que está cumpliendo su deseo de ir a Europa. —Saco la nota arrugada de mi bolsillo y se la entrego. No para que ella lea las palabras, sino para que perciba la energía. Encontramos que este método funcionó en San Carlos con la ropa de Sedona.

Amber la toma, sostiene mi mirada y dice:

—Tal vez necesite algo de tiempo para reagruparse. Un cambio de escenario.

—Lo sé. Pero odio pensar que está sola y desprotegida. Podrían ir tras ella. —Me callo cuando veo que la mirada de Amber pierde el foco.

Ella mira a través de mí por un momento, luego murmura:

—No está desprotegida.

Me endurezco.

—¿Con quién está? —pregunto—. Pero ya lo sé y me dan ganas de matar a ese cabrón.

—Carlos la está siguiendo, pero no para lastimarla —agrega Amber—. Necesita protegerla, pero no creo que quiera forzarla.

Mis impulsos más protectores se relajan, pero me quejo mientras me instalo al lado de mi increíble compañera.

—Aún así no me gusta.

Amber parpadea varias veces antes de hablar con una voz lejana:

—El embarazo garantiza su seguridad... pero no la de él.

~.~

SEDONA

MI TELÉFONO zumba al recibir un texto. Pongo mi bloc de bocetos y el lápiz en el asiento y busco el teléfono en mi bolso. Es Garrett. Por algún milagro, no ha enviado algún mensaje con tono alfa exigiendo que vuelva a casa o a una habitación de hotel hasta que llegue aquí. En su lugar, me envía una lista de recursos con los líderes de la manada en cada país de Europa y dónde encontrarlos o cómo contactarlos. Es dulce, pero totalmente innecesario. No necesito ayuda. A menos que sea en forma de una cita con un vampiro para conseguir borrar mi recuerdo de Carlos.

Pero entonces supongo que estaría bastante confundida acerca de cómo me quedé embarazada. Suspiro.

Todavía no he oído hablar de mis padres, lo que significa que Garrett no debe de haberles dicho nada. Mi madre había planeado ir a Tucson para estar conmigo cuando llegué a casa, pero le dije que no lo hiciera, lo que sé que lastimó sus sentimientos. Simplemente no quiero ser tratada como una niña por mis padres en este momento.

Trazo una línea en mi boceto con la antigua estatua *Victoria alada de Samotracia*. Agrego la cabeza y los brazos de Niké de nuevo para crear un dibujo con simplicidad, una versión de libro infantil de la diosa griega. Tengo que decir que sus alas son exquisitas.

Parte de mí siente que ir al Louvre para dibujar el arte es muy cliché, tal como hacen los artistas que estudian a los maestros. Pero en realidad he logrado olvidarme de México y del embarazo por un momento aquí, lo cual es un regalo.

Una niña, tal vez de nueve o diez años, se detiene y mira por encima de mi hombro y dice:

—¡Guau, mamá, mira, una verdadera artista está dibujando en vivo aquí! —Ella es estadounidense. Muy linda.

—Shh, no la molestes, cariño. —Su madre tiene ese tono indulgente que dice que sabe que su hija no molesta, pero se siente obligada a decir algo, de todos modos.

Los humanos han estado mirando por encima de mi hombro toda la mañana, murmurando sus comentarios en varios idiomas, pero este es el más lindo. Rasgo la hoja con el dibujo y se lo entrego con una sonrisa.

—¿Es esto... gratis? —A juzgar por su mirada de incredulidad, piensa que estoy a la par de Miguel Ángel.

Por eso quiero ilustrar libros infantiles. O hacer tarjetas de felicitación. Algunos artistas lo llamarían arte comercial, pero para mí no se trata de ganar dinero. Es el tipo de arte que me gusta hacer y el público al que prefiero llegar.

—Sí. Y es solo para ti. ¿Cómo te llamas?

—Angelina.

Agarro mi lápiz y escribo: «Para Angelina, de Sedona, Museo Louvre» y pongo la fecha.

Ella me sonríe mientras lo toma.

—Muchas gracias. —Su mamá la toma por el hombro mientras se alejan. Angelina da marcha atrás—. Tu inglés es realmente bueno.

Me río y su mamá se ve avergonzada.

—Ella es estadounidense, cariño.

De la nada, el olor de Carlos me llena la nariz. Ha sucedido al menos media docena de veces desde que me fui. Creo que es porque su esencia está incrustada en mí ahora.

Podría volver loca a una loba.

Porque en serio no sé cómo se supone que debo superarlo cuando su olor me asalta a cada paso. Incluso con un continente de distancia. Solo he logrado olvidarlo cuando estaba dibujando. Todo me recuerda a él. Recuerdo el gruñido de su voz hablando bajo en mi oído, sus grandes manos sobre mi piel. La forma en que sus ojos brillaban de color ámbar cuando su lobo salió a la superficie.

Y me pregunto un millón de cosas sobre él. Cómo sería correr con él en forma de lobo, qué pensaría de París, de mi familia, de mi arte. ¿Podré mantener la noticia de este embarazo lejos de él y su manada?

Tomo mi lápiz y empiezo a dibujar de nuevo, solo que esta vez no es niké, sino un lobo negro. Está gruñendo, con los dientes descubiertos y el pelaje encrespado en la espalda. Cuando termino, resalto el pelaje alrededor de sus orejas y lo alejo de mis ojos con los brazos para tomar perspectiva.

La piel de gallina me pincha. Es Carlos, pero no sé por qué lo dibujé de esta manera. ¿Me está protegiendo? ¿O viene a por mí?

~.~

CARLOS

.   .   .

Veo a Sedona dirigirse a su habitación de hotel y hundirse contra una pared, derrotada. ¿Es posible volverse loco cuando ya has tomado a una pareja?

Porque en serio no puedo soportar estar cerca de Sedona pero no a su lado. Siento fiebre por la necesidad de tocarla, de acercarme a ella. Quiero ser el receptor de las sonrisas que ella reserva solo para los niños. Joder, menos mal que no sonríe a otros hombres o estarían muertos antes de que caigan al suelo.

Sé que no estoy pensando claramente. Estoy borracho de necesidad. He olvidado lo que estoy haciendo aquí.

O mejor dicho, he cambiado de opinión cien veces. En este momento, mi mente está puesta en recuperar a Sedona, no es que alguna vez la haya tenido. Pero ella me estuvo calentando en esa celda. Si pudiera volver a tener un tiempo prolongado con ella a solas, sé que la podría seducir como pareja. La atracción física es fuerte. Comenzaremos con el sexo y construiremos a partir de ahí. Aprenderé todo lo demás sobre ella y le mostraré que puedo ser la pareja que se merece.

Entonces, ¿cómo dejarla sola?

Está mal. Muy mal. Pero soy lo suficientemente gilipollas como para pensar que puedo lograrlo. Salgo del hotel y encuentro un sex shop que vende esposas, cintas para atar, mordazas de bola.

Esto podría ser terriblemente contraproducente. O ser justo lo que necesitamos…

CAPÍTULO NUEVE

Sedona

Paso por otro charco y el agua de lluvia me empapa los zapatos y los calcetines. Ha llovido todo el día y no estoy tan emocionada como esperaba al estar caminando por Montemartre trazando los pasos de Picasso, Renoir y Degas.

Ni siquiera sé cuánto observé de París mientras deambulaba por las calles hoy. Me duele el pecho como si alguien me hubiese dado un puñetazo. Unos cuantos franceses me lanzan miradas extrañas, y me doy cuenta de que mi loba está lloriqueando. La única vez que ella es feliz es cuando pienso en Carlos, o cuando me quedo dormida y sueño con él.

Este es el síndrome de Estocolmo. ¿Correcto?

Me detengo en un café sobre la acera para cenar y me sumerjo en un asiento protegido por un amplio toldo azul. El agua gotea desde los bordes, salpicando mis piernas y formando pequeñas piscinas al lado de mi mesa.

Cuando llueve en Tucson, lo celebramos porque el desierto siempre tiene sed, pero hoy me deprime. Miro fijamente el menú. Apenas me importa. No hablo francés y nadie parece hablar inglés. O si lo hacen, no se molestan en ayudarme. Así que he pedido *frites* y *chocolat chaud* o café *au lait* en todas partes en las que he comido. Me voy a hartar de las patatas fritas y el chocolate caliente pronto.

El olor de Carlos se arremolina a mi alrededor de nuevo y la tristeza se agita detrás de mis ojos. Parte de mí se pregunta cómo habría sido nuestra cita si me hubiera quedado en Tucson y hubiera dejado que me llevara a cenar. Me habría abierto las puertas y pagado, como un perfecto caballero. Eso es lo que sé. ¿Pero nos habríamos reído juntos? ¿Habríamos bromeado? ¿Habría entre nosotros las mismas chispas que sentimos durante la luna llena?

¿Cómo puedo dudar de ello? No podía mantener sus manos lejos de mí en Tucson, y estaba tratando de hacer las paces.

Miro fijamente el café al otro lado de la calle, sin ver nada ni a nadie. No hasta que mis ojos se encuentran con la mirada de un hombre que tiene la mirada de un espía robando miradas.

Una sacudida de electricidad serpentea a través de mí.

«Es Carlos».

El hombre mira hacia otro lado, despistándome.

Espera, ¿es él? No lo puedo decir ahora, porque se ha dado la vuelta. Pero tiene que ser así. El hombre tiene los mismos hombros anchos, el mismo cabello oscuro y la piel de bronce.

«¡Joder!».

¿Qué demonios está haciendo aquí? ¿Me ha estado siguiendo todo este viaje?

Me resisto a las ganas de ir al otro lado de la calle y darle una torta en la cara. No, él no sabe que ha sido descubierto, lo que me da la ventaja. Si quiere seguir este juego, lo haré emocionante para él.

Termino mi comida y pago la cuenta, luego juego con la excusa de norteamericana despistada y camino a la derecha a través de la cocina y hacia la puerta trasera, por donde me deslizo al callejón detrás de la cafetería.

—Atrápame si puedes —murmuro con los dientes apretados.

No tengo ninguna duda de que me encontrará pronto, y no tengo ganas de ser amable con él en este momento. ¿Cómo castigarlo por esta increíble violación de mi privacidad, de mi espacio?

El texto de Garrett de ayer decía que su contacto en París se podía encontrar en un bar paranormal llamado *The Dungeon*. No me importa reunirme con el contacto, pero un bar paranormal sería el tipo de lugar para ponerse bajo la piel de Carlos.

Normalmente, no sería un lugar que frecuentaría sola. Me han advertido toda mi vida acerca de mantenerme alejada de lugares como ese. Me siento bastante segura en un bar normal, donde ningún hombre humano podría meterse conmigo a menos que me drogue primero. Pero un bar paranormal está lleno de problemas y es peligroso para una mujer sola. O tal vez esa es solo la mentira de mierda con la que me han alimentado toda mi vida.

De cualquier manera, tengo la sensación de que Carlos perderá su sentimiento de amor eterno al verme allí, y eso le atormentará por acecharme como un pervertido.

Busco la ubicación en mi teléfono y, por suerte, encuentro que está a solo seis bloques del hotel boutique donde me hospedo. Tomo un taxi para volver al hotel, segura de que Carlos aparecerá allí cuando se dé cuenta de que ha perdido mi rastro.

Sintiéndome casi alegre por primera vez desde que

llegué a París, me ducho y me pongo el vestido que empaqué, uno rojo con una falda corta abatible. Me seco el pelo y me aplico un poco de rímel y brillo de labios. Debe de ser el embarazo, porque a pesar de mi bajo estado de ánimo durante la última semana, me veo radiante.

«Carlos, vas a tragarte tus celos».

Me pongo un par de botas negras hasta la rodilla y salgo del edificio con un movimiento de mi paraguas y un giro de mi cabello. Ahora que lo estoy observando, noto la presencia del lobo negro detrás de mí cuando la puerta se abre.

«¿Solo quería que me persiguiera?».

Sí, supongo que sí. Porque a mi loba le encanta este juego. Camino briosa por las calles estrechas y empedradas en busca de *The Dungeon*. Paso por delante del lugar un par de veces antes de localizar una puerta sin marcar en la parte inferior de un corto conjunto de escalones hacia abajo. Bueno, por supuesto, *The Dungeon* se encuentra por debajo del nivel del suelo. Supongo que debería haber sido obvio.

Estiro una mano al pomo de la puerta, escuchando primero para asegurarme de que no estoy tratando de entrar en la casa de alguien o algo así. Pero escucho música. Empujo la puerta abierta.

Entro y todo el mundo se vuelve a mirarme. Me siento como en un cliché de película, cuando la música se para y el lugar se queda en silencio.

Recuerdo la canción *Una de estas cosas no es como las otras*. Al menos, eso espero. Porque la multitud dentro es sórdida. Y yo destaco como una uva brillante y jugosa entre un montón de pasas.

Los olores me asaltan la nariz: cambiantes de todo tipo están aquí junto con vampiros y cualquier otro ser extraño en París. Parecen que viven en este bar, con las caras enrojecidas y encurtidos por el consumo de alcohol.

Soy una de las tres mujeres en el lugar, y las otras dos son viejas cambiantes nada atractivas. Me dirijo hacia el bar. La suciedad cubre los pisos, las mesas de madera no se han fregado en siglos, si es que alguna vez lo han hecho.

Detrás de la barra, un hombre bajo y despeinado seca un vaso con un trapo sucio, mirándome abiertamente como todos los demás.

Trago saliva y me contoneo hasta la barra, empujando en mi camino a dos machos que no tienen la decencia de mover sus extremidades y pies fuera mi camino.

—Tomaré una ginger ale —le digo.

El camarero no se mueve, solo sigue puliendo el vidrio como si no hubiera dicho nada.

Tal vez no habla inglés. Suspiro y lo intento de nuevo.

—*Café au lait?*

Esta vez el labio del camarero hace una mueca y sacude la cabeza.

Incluso si no hubiera sentido a Carlos entrar, no dejaría que la falta de hospitalidad me ahuyentara. Pongo los dos codos en la barra, como si me fuera a quedar un rato.

—Bueno, ¿qué tienes?

Él vierte un líquido claro de una botella sin marcar en un vaso pequeño y lo empuja hacia mí.

Huele a alcohol desinfectante. Es una cerveza casera. Tal vez mezclada con alguna droga para violar a una mujer en una cita. Probablemente lo que reservan para cada mujer estúpida que encuentra su camino aquí.

No lo toco.

Un cambiante con hombros anchos y una camiseta negra apretada se acerca a mí, con una amplia sonrisa en su rostro. No reconozco su olor hasta que veo el tatuaje de la cola de dragón enroscarse alrededor del lado de su cuello.

Es la primera vez que siento la presencia de uno.

Antes de Carlos podría haberme quedado impresionada. El tipo es grande, guapo y rezuma dominio masculino. Pero todo lo que puedo pensar es cuánto mejor definidos están los músculos de Carlos y cuánto más amables parecen sus ojos marrones oscuros.

Y de repente, no estoy tan segura de mi plan de pavonearme aquí y provocar a Carlos. En realidad, no quiero ponerlo celoso, no en el verdadero sentido de la palabra, y este tipo podría hacer eso.

Trato de dar un paso atrás, pero estoy atrapada por otro tipo a mi izquierda. También dragón. Están cazando juntos.

El dragón murmura algo en francés y agito la cabeza, retorciendo y mirando alrededor de la barra con una despreocupación forzada. ¿A dónde fue Carlos?

El dragón frunce el ceño y recoge mi bebida llevándola a mis labios.

Aparto la cara y algo del líquido se derrama por la parte delantera de mí, gotitas frías que se filtran entre mis pechos. Los ojos del dragón se iluminan en las gotitas y se inclina hacia adelante como si las fuera a lamer. Le empujo la cabeza, tratando de alejar su lengua de mi piel. Su amigo me agarra por la espalda, riendo mientras fija mis brazos detrás de mí. Grito.

Veo un destello de piel y escucho el crujido de un hueso sobre otro hueso. El dragón cambiante ruge y salta a sus pies, frotando su mandíbula, mientras noventa kilos de lobo furioso se mantienen frente a mí.

«Carlos».

He ido más lejos de lo que podía controlar. Nunca

quise que él tuviera que defenderme o luchar por mí. Solo quería irritarlo un poco. Para que quedase al descubierto.

Ahora ambos estamos en grave peligro. En forma humana, Carlos podría ser un rival para este tipo, tal vez incluso para su amigo. Pero si cambian, un lobo no es rival para un dragón. El dragón podría quemar este lugar con un rugido.

El dragón detrás de mí se ríe, pero me ha soltado los brazos.

—La loba tiene pareja —observa en inglés.

Agarro el brazo de Carlos y lo remolco hacia la puerta.

—Carlos, está bien. Vamos, vamos.

Carlos no para de gruñir, ni quita los ojos de su enemigo.

Tiro con todas mis fuerzas.

—Carlos, vamos.

Los dragones no se han movido para no iniciar la pelea, pero no tengo ninguna duda de que lo harán si Carlos se mantiene plantándoles cara.

Cambio de táctica y empujo delante de Carlos, como si lo fuera a defender. Inmediatamente me coge por la cintura y trata de apartarme, pero no me muevo. Repito la acción de empujar mi camino entre ellos. Parece tener resultado, porque veo surcos en su frente. Estoy apostando a que su instinto de sacarme del peligro es mayor que su necesidad de probarse a sí mismo frente a mí.

Carlos me recoge de nuevo y me lleva hacia la puerta, solo deteniéndose para recomponerse y echarme por encima de su hombro cuando estamos lejos de los dragones.

Milagrosamente, nadie lo sigue, nadie lo desafía.

Él no dice una palabra ni a mí ni a nadie más mientras empuja la puerta y sube los escalones. La lluvia ha cesado

RENEE ROSE & LEE SAVINO

y la niebla se asienta alrededor de los edificios y las lámparas. La respiración enojada de Carlos se acelera mientras sus zapatos golpean los adoquines.

Un escalofrío de emoción me atraviesa.

«Me gusta que se enfade».

Por supuesto que eso no tiene sentido. Ni siquiera sé cómo analizarlo, aparte de reconocer que su exhibición de dominio masculino me conmueve hasta el alma. Tal vez me siento un poco culpable por casi matarlo allí.

Él camina callado todo el camino de regreso a mi hotel y no me deja caer en el suelo hasta que las puertas del ascensor se cierran detrás de nosotros. Luego me suelta y me hace girar para ponerme mirando a la pared. Sujeta mis dos manos con la suya y con la otra me azota varias veces.

—¡Ay!

Y... «Yum».

Mis bragas se humedecen, el corazón golpea rápidamente contra la parte delantera de mi caja torácica.

«Carlos, demonios».

—Nunca, nunca entres sola en un bar paranormal —me regaña con su acento más áspero de lo habitual.

El ascensor se detiene en mi piso. Él saca mis manos de la pared del ascensor, azotándome y haciendo que la falda del mi vestido se balancee y se desate. —Ven.

Marcha directamente a mi puerta, toma mi bolso de mi hombro y recupera la llave.

Debería de estar enfurecida por sus conducta dominante, pero no lo estoy. Encuentro su enojo tentador.

Lo sé, es raro.

En el momento en que la puerta se abre, Carlos apunta a la pared opuesta. —Manos en la pared, como antes.

Trato de reunir un poco autoridad, ladeando una cadera.

—¿Qué derecho tienes?

Carlos está sobre mí en segundos, empujándome hacia atrás contra la puerta cerrada, con la boca presionando sobre la mía en un beso abrasador. Sus grandes manos deambulan sobre mi cuerpo, encuentran la cremallera en la parte posterior de mi vestido y la bajan. El vestido cae a mis pies y me pongo de pie llevando solo mi sujetador de encaje negro, las bragas y las botas de cuero negro. Impresionante.

—Bragas abajo. Mantén el sujetador y las botas —ordena.

Mi barriga revolotea de emoción. No tengo el menor miedo de este hombre, tal vez sea una locura. Pero hemos pasado por cosas peores y él logró ser un caballero. Puede que ahora esté molesto, pero no hay señales de su lobo en sus ojos, solo una promesa oscura.

Una *deliciosa* promesa oscura.

Aún así, no me muevo para obedecerle. Tal vez solo quiero ver lo que va a hacer. ¿Hasta qué punto llevará esta postura autoritaria?

Tengo razón. Él no se enfada; en su lugar, sus párpados caen y ajusta su polla en sus pantalones.

—Muñeca, prepárate como te dije.

Mis pezones se endurecen. Estoy segura de que huele mi excitación porque el calor florece entre mis muslos. Estoy demasiado excitada para rechazarlo, así que me pavoneo a través de la habitación con mi sostén, las botas y las bragas y pongo mis palmas contra la pared, hacia afuera.

—Buena chica. —Su ronroneo me hipnotiza. Se acerca detrás de mí y engancha sus pulgares en el elástico de mis bragas. Espero que las arranque, pero las baja justo debajo de mis nalgas. —¿No quieres quitártelas? —Sus labios están cerca de mi oído—. Ahora tendrás que mantenerlas. Extiende tus piernas, ángel. Si las bragas bajan, empiezo a azotarte de nuevo.

Mi coño se aprieta con la palabra «azotar», que de alguna manera me emociona más que todas las cosas sexis que ya hemos hecho, como tener sexo con un mango incluido. Ensancho mi postura para estirar las bragas entre mis muslos. Es mitad humillante, mitad erótico. Me encanta.

Pero luego la mano de Carlos me golpea más duro de lo que soñé posible y la diversión termina por completo.

Yo grito y salto lejos de la pared.

—¡Ay! Eso dolió. —Los cambiantes pueden sanar rápido, pero eso no significa que no experimentemos tanto dolor como un humano promedio.

Carlos agarra el glúteo que acaba de marcar con la palma de la mano. Él trae su cuerpo justo contra el mío, rodeando un brazo alrededor de mi cintura para sostenerme apretada. Su polla gruesa presiona contra mi vientre, dura e insistente.

—Lo sé, ángel. Quise que te doliera. —Él alivia su presión y frota la picadura. —Debes volver a la posición.

No sé cómo se las arregla para hacer que sus palabras mandonas suenen tan sexis. ¿Es el timbre áspero de su voz? ¿O la forma en que sostiene sus labios tan cerca de mi oído?

Aún así, no me está gustando del todo. No ahora que sé lo duro que azota.

—No.

Muerde mi oreja, luego traza mi coño con la punta de su lengua.

—Sí, mi amor. Necesito mostrarte que me importas lo suficiente como para hacer esto. No dejaré que te pongas en peligro de nuevo.

Mi corazón late el doble. Siento que me está diciendo algo importante, pero todo está mezclado en el sexo y el dolor, así que no puedo comprenderlo del todo.

—Ahora vuelve a la pared y pon tus manos sobre ella. Inclina ese perfecto culo de nuevo para que pueda pintarlo de rojo. Y la próxima vez que pienses en arriesgar tu seguridad, recordarás lo mucho que te aprecio. —Él está masajeando mi culo con ambas manos ahora y no puedo dejar de moler mi coño hacia abajo en su muslo duro presionando entre mis piernas.

—Esto no tiene sentido —digo completamente sin aliento.

—¿Verdad? —Hay una sonrisa en su voz—. Veremos si lo tiene cuando termine. —Agarra mi brazo y me impulsa hacia la pared.

Ahora tengo demasiada curiosidad y obedezco. Pongo mis palmas en la pared y vuelvo mi pelvis hacia atrás. Las bragas cayeron al suelo cuando retrocedí de un salto la última vez, por lo que tengo las nalgas desnudas y las piernas tiemblan mientras espero.

~.~

Por suerte Sedona está aquí, ofreciéndose como el bocado más delicioso del paraíso.

Ella está más que hermosa con la huella de mi mano pintando su piel cremosa y con su grueso cabello castaño cayéndole en ondas por su espalda. Tomo una instantánea mental, queriendo recordar esta imagen para siempre. Las botas, los muslos musculosos, su exquisita desnudez. Lo agrego a los recuerdos que me persiguen desde nuestra celda compartida en Monte Lobo.

Habría destrozado a esos dragones, miembro por miembro, si me hubieran desafiado por Sedona. Estoy seguro de que por eso no lo hicieron. Debieron de haber captado mi olor incrustado en su piel y descifrado que ella es mía. Ningún cambiante inteligente se interpone entre un macho y su pareja marcada, sin importar la especie.

Y toda esa agresión busca redirección ahora. Si Sedona mostrara miedo o enojo, yo retrocedería. Pero puedo oler su interés. Sus pezones están tensos, sus respiraciones hacen que esas tetas alegres suban y bajen rápidamente. Y sus ojos están vidriosos, como si ya la hubiera follado.

Ella lo necesita. Los dos lo necesitamos. Liberará mi agresión, le mostrará lo preocupado que estaba.

Llevo mi mano hacia atrás y la dejo caer con una bofetada rotunda. Ella salta pero, increíblemente, se queda en su sitio esta vez. La azoto de nuevo, golpeando el otro lado, y castigo sus nalgas redondas y perfectas con una serie de bofetadas que la dejan sin aliento, jadeando.

Su trasero se ve muy bonito con el rubor de mis huellas coloreando la mitad inferior. Lo justo para calentarlo. Como es una cambiante, el dolor solo será momentáneo, desvaneciéndose por completo en cuestión de minutos.

Aprieto con una mano sus nalgas y envuelvo un puño en su cabello, tirando de su cabeza hacia atrás. —¿En qué estabas pensando? —gruño y dejo caer otro azote duro en su parte trasera.

Ella se sacude, pero mi mano en su cabello le impide moverse.

—Sabía que me seguirías —confiesa.

Me quedo quieto. Ella sabía que yo estaba allí. Por supuesto que sí. Había estado tan atrapado en el momento, que no noté su falta de sorpresa cuando me metí a rescatarla en el bar.

—Solo quería que aparecieras.

¿Qué significa eso? ¿Me quiere aquí?

Alivio mi agarre en su cabello y me muevo en su línea de visión, apoyando mi cabeza contra la pared. Necesito verle la cara, tratar de entender.

—¿Sabías que estaba aquí? ¿Desde cuándo?

Se mordisquea el labio inferior.

—Te vi en el restaurante.

No puedo evitar sonreír. Pequeña loba inteligente. Por eso desapareció tan rápido. Fue frenético tratar de averiguar a dónde se fue después de haber pagado la cuenta. Con la lluvia, no pude captar su olor cuando exploré el edificio, pero luego miré y la vi subir en un taxi.

Acaricio mis nudillos sobre su piel luminosa, trazando la línea de su pómulo.

—¿Estabas enfadada conmigo, hermosa? Solo estaba tratando de darte espacio, pero también necesitaba velar por tu seguridad.

Cuando se humedece los labios con la lengua, dispara mi polla contra la cremallera.

—Estaba enojada, sí. Un poco.

Sus ojos están dilatados. Mi hembra está lista para el sexo en este momento. Tal vez mi viaje al sex shop no fue tan mala idea.

Pellizco su barbilla entre mi pulgar y el índice y la levanto.

—¿Así que me castigaste poniéndote en peligro? —pregunto arqueando una ceja.

Sus párpados caen como si le encantara ser regañada por mí.

—No quise ponernos en peligro real. Solo quise

burlarme de ti. Ponerte celoso por la atención que podría recibir allí.

Mi lobo gruñe ante la sugerencia de machos prestándole atención, pero no quiero perderme lo que me está diciendo. Mi compañera se *burlaba* de mí. Eso no puede ser algo malo. Significa que ella quiere algo de mí, pero ¿qué? ¿atención? ¿una declaración de intenciones? ¿ventaja? Sea lo que sea, lo estoy tomando como una victoria. Tengo a mi gloriosa compañera casi desnuda y temblando por mí con las piernas extendidas, las nalgas rojas y los labios hinchados por nuestro beso anterior.

—Eso fue travieso, Sedona —la reprendo acariciando su cabello hacia atrás. Bajo la voz—Voy a tener que castigarte de nuevo.

Veo el destello de emoción en ella al mismo tiempo que se da la vuelta y se aleja.

La atrapo por la cintura, la levanto en el aire y la lanzo a la cama.

Ella grita, riendo mientras rueda por el borde. Me sumerjo encima de ella, la atrapo y la aprisiono.

—¡Oh, ángel! Eso se merece aún más castigo. —No puedo evitar que la sonrisa se me extienda en la cara. Mi lobo ama la persecución tanto como le encanta correr. Le sostengo las muñecas al lado de la cabeza y me tomo un momento para mirarla. Es tan encantadora... Su cabello grueso y brillante cae en cascada alrededor de su cabeza y sus mejillas lucen un bonito color.

Inclino mi cabeza a sus pechos y muerdo cada pezón a través del encaje negro del sujetador, luego le clavo los dientes alrededor del centro y hago un remolino.

—Espera, espera, espera. —Sedona lucha para liberar sus muñecas—. Me lo voy a quitar, Carlos. No lo rasgues. Me encanta este sujetador.

—A mí también. —Alzo las cejas y le suelto las muñecas, la ayudo a bajar los tirantes por los brazos y desenganchar el sujetador en la espalda. Uso el sujetador para envolverle las muñecas juntas, luego las ato al poste de hierro de la cama en el cabezal—. No te muevas Sedona —le advierto— o rasgarás tu sujetador favorito. Volveré en dos minutos.

—¡Espera! —Se retuerce y sus ojos se abren de par en par.

No le gusta que la deje en una posición tan vulnerable. Oh, espero que esto no le esté trayendo un mal recuerdo. Mi deseo solo era sustituirlos con buenos. Me subo de nuevo sobre ella y beso la piel sensible en el interior de sus brazos.

—Sabes que puedes escapar de esta restricción con poco esfuerzo, ¿verdad, ángel? Prometo que estaré de vuelta en tres minutos. Solo necesito obtener algo de mi habitación. ¿Está bien, hermosa?

Ella asiente, visiblemente más relajada.

Tiro de las botas altas que le llegan hasta las rodillas y las deslizo de sus pies, junto con los calcetines de nylon delgados que llevaba debajo para estar más cómoda. Para restablecer el ambiente, le muestro severidad en el rostro —. Aprovecha este tiempo para pensar en cuál debe ser tu castigo, pequeña loba blanca. Y veremos si nuestras ideas coinciden cuando regrese.

Cuando rueda sus caderas, estoy seguro de que no tiene miedo ni está traumatizada. A mi loba le gusta lo que planeo para ella. Tomo la llave de Sedona y salgo de la habitación para trotar dos pisos hasta la mía, donde recupero la bolsa de juguetes sexuales.

Mis ojos se bloquean en Sedona en el momento en que entro y soy incapaz de mirar hacia otro lado. Todo en ella es fascinante: la piel cremosa y lisa, los pezones en punta de sus senos, el vientre plano, revoloteando, su pubis ligeramente depilado. Ella me mira, crispando los muslos juntos como si necesitara alivio. Definitivamente planeo dárselo después de un poco de tortura.

—Oh, ángel. —Rápidamente me desabrocho la camisa mientras acecho la cama. No puedo creer que dejé estos pezones perfectos sin lamer. Me libero de la camisa y me subo por encima de ella, deleitándome con el escalofrío que le recorre el cuerpo en el momento en que mis piernas se extienden sobre sus muslos. Golpeo un pezón con la lengua, una, dos veces, mimándolo en su pico más rígido. Luego prendo los labios sobre él y lo chupo duramente.

Ella gime, se arquea, lanzando la cabeza hacia atrás y la barbilla hacia el techo.

Es una chica encantadora

—Carlos. —Me encanta escucharla decir mi nombre sin aliento.

—Así es, ángel, Carlos te trae placer. Solo Carlos.

Ella se retuerce, da patadas, lloriquea.

—No.

—¿No? —Dejo de torturar el pezón digno de adoración y levanto la cabeza.

Ella sacude la cabeza y luego asiente.

—Sí, espera.

No me muevo. Sé que está confundida, diablos, yo también lo estoy. Pero definitivamente no quiero prepararme para poseerla si me va a odiar después.

—Carlos, ¿qué estás haciendo?

Me arrastro hacia atrás sobre su cuerpo delicioso para asentarme entre sus piernas. Deslizando las manos debajo de sus nalgas, levanto su núcleo para que se encuentre con mi boca y le doy una larga lamida.

—Castigándote.

Todo su cuerpo tiembla y el llanto que sale de sus

labios me tiene gimiendo de deseo. La polla me duele por estar dentro de mi hermosa pareja.

—Te mereces este castigo, ¿no? Por la terrible burla. —Deslizo la punta de la lengua sobre el clítoris.

Ella hace un sonido parecido a un *ooh-ooh* empujando la pelvis hacia mi boca.

—Eso es todo, muñeca. —Succiono con los labios su pequeño montículo hinchado y tomo una imagen mental para el recuerdo.

Ella chilla, golpeando sus piernas alrededor de mis orejas.

—Tengo grandes planes para ti, pequeña loba. Y en todos estás desnuda y a mi merced.

Su coño rezuma humedad y es todo lo que puedo hacer para evitar empujar mi polla y hundirme en su canal apretado.

Pero quiero tomarme mi tiempo con ella esta noche. Mi plan había sido volver a forjar intimidad, lo cual significa ir despacio. Aunque tarde toda la noche.

~.~

SEDONA

EN ALGÚN LUGAR de mi cerebro se encuentra el impulso de protestar por este giro inesperado de los acontecimientos. Había planeado castigar a Carlos con mi vestido rojo y mi apariencia en un bar y ahora me ha arrebatado todo el control.

Pero no me siento débil. Por el contrario, soy el objeto

del enfoque singular de Carlos. Veo su necesidad oscura, la lujuria arremolinándose en su mirada que hace que me sienta poderosa a pesar de que soy la que está atada.

Él captura otra vez mi clítoris, luego me vuelca sobre mi estómago, teniendo cuidado de ajustar el sujetador que me ata las muñecas para mantener mis brazos cómodos.

Mi mente puede tener algunas reservas, pero mi cuerpo está claramente de acuerdo con lo que Carlos está planeando. Me alzo dándole una mejor vista de mis partes más íntimas.

—Mmm. —Carlos agarra con una mano una nalga, apretando bruscamente—. Mantén ese culo echado atrás para mí, ángel, muéstrame que puedes tomar tu castigo como una buena chica.

Mis entrañas se derriten con una ola de calor que se centra en el núcleo. Me encanta la charla obscena de Carlos, la manera en la que está jugando conmigo. Espero que se arrastre y entre en mí por detrás, anhelo eso en realidad, pero lo escucho rebuscar en la bolsa que trajo y el movimiento de algo de plástico, como el tirón de una tapa.

Cuando me separa al máximo las nalgas, me asusto. Tirando de mis muñecas atadas para apalancarme, levanto las rodillas debajo de mí y las arrastro.

Carlos me agarra las pantorrillas y me tira hacia atrás, sobre mi barriga.

—Ah… ah, mi amor. Eso no es ser una buena chica. —Él intenta de nuevo abrirme las piernas, pero yo me echo a un lado rodando y me protejo con la colcha.

La diversión ilumina la bella cara de Carlos. Él está de rodillas a mi lado, sosteniendo un tubo de lubricante en la mano, pero lo deja caer y me agarra los dos tobillos. Juntándolos con su gran mano, los sostiene en alto y me da varios azotes certeros.

Grito de sorpresa por los azotes y por la posición

sorprendentemente vulnerable, con el culo y mis partes de dama expuestas al aire. Carlos inclina mis piernas hacia mi cabeza y aplica un poco de lubricante en la grieta del trasero.

—Carlos —lloriqueo ahora. El sexo anal no es algo que esté dispuesta a darle, no importa lo caliente que esté.

Se inclina y besa mis nalgas.

—Shh, hermosa loba. No tienes nada que temer de mí.

Los aleteos en mi vientre dicen lo contrario, pero analizo la declaración y sé que tiene razón. Confío en que este macho no me hará daño. Aun así, agito la cabeza.

Carlos recoge lo que debe de ser un tapón —nunca he visto uno antes, pero puedo adivinar su uso— y lleva la punta al ano.

—Este es tu castigo, mi amor. —Levanta mis tobillos, no lo suficientemente altos como para levantarme la pelvis de la cama esta vez, y empuja la punta bulbosa del esbelto tapón de acero inoxidable contra mi agujero trasero.

Entonces mi ano se aprieta en contra de mi voluntad, aunque mi cuerpo se abre a ello. Carlos presiona facilitando que el juguete entre en mí. La sensación es a la vez deliciosa y horripilante. No quiero que me guste, pero lo hace. El placer me inunda mientras mueve el falo de metal fresco para que se introduzca más profundo. No es demasiado grande, así que si bien hay una sensación de estiramiento y relleno, no hay incomodidad, aparte de mi vergüenza por tener un objeto ahí. Lo empuja hasta el final, luego me da la vuelta dejando mi vientre expuesto y le da a mi coño una palmada ligera.

Estoy extrañamente disgustada, no por tener ese objeto dentro de mí sino porque me siento necesitada y encendida, queriendo más.

—¿Carlos?

—Madre de Dios, sí, Sedona. Sigue diciendo mi

nombre en esa voz tuya. Me dan ganas de correrme y esparcirte mi esperma por todas partes.

Uno pequeño resoplo de conmoción sale de mí, mitad risa, mitad gemido. Como antes, elevo mi pelvis ofreciéndole una invitación para que tome lo que ya ha reclamado.

Los destinos saben que quiero su polla otra vez, tanto como la había querido la noche que me marcó.

Gime.

—¿Me estás ofreciendo ese coño tuyo, ángel? —Desliza sus dedos entre mis piernas y acaricia la abertura.

Mis ojos vuelven a rodar en mi cabeza.

—Sí, Carlos. —Apenas reconozco mi gemido lascivo.

Carlos se sumerge en mis jugos y me recubre los labios internos con mi propia lubricación natural, rodeando el clítoris con una lentitud enloquecedora. Entonces, al mismo tiempo, comienza a mover el juguete dentro y fuera de mi culo.

Grito con sorpresa. Siento la intensidad del placer y la necesidad de catapultarme rápidamente.

—¡Carlos!

—¿Te gusta eso, muñeca?

—¡Oh, demonios, por favor!

—¿Por favor, qué, hermosa?

—Por favor, no te detengas. Por favor, más rápido, ¡Carlos! —Trato de transmitir mi urgencia golpeando la cama con los pies, como una patada de nadador, solo desde las rodillas.

De alguna manera, a pesar de mi falta de experiencia sexual, estoy bastante segura de que lo único mejor sería la penetración en mi coño, también. Como si Carlos me leyera la mente, desliza dos dedos dentro de mí, bombeándolos alternativamente con el cilindro metálico.

Mis gemidos se funden en un largo grito gutural.

Probablemente todos en el maldito hotel puedan escucharme, pero me da igual. Es París.

—Carlos, Carlos, por favor —le ruego. En serio quiero llorar, necesito liberarme.

Carlos empieza a hundir los dedos y el tapón al mismo tiempo, rápido, y las estrellas estallan ante mis ojos. Siento que me estoy precipitando en un túnel oscuro en una montaña rusa. Todo en mí se dispara hacia la línea de meta. Sin embargo, es más como un portal que como una línea, porque en el segundo que paso a través de él, mi cuerpo se aprieta y aprieta, retorciéndose hasta el último pedacito de placer mientras mi mente, mi conciencia, se eleva. Me meto en el espacio exterior, arrojada tan lejos y tan alto que ni siquiera puedo recordar mi nombre. Mi edad. Mi especie.

Y luego estoy de vuelta. Jadeando en la colcha mientras Carlos alivia sus dedos y el tapón de mi cuerpo. Él traza un sendero de besos a través de mi espalda baja antes de desaparecer en el baño para usar el lavabo.

Estoy desarmada, incapaz de moverme, parece que me he derretido en la cama. Cuando Carlos regresa, me suelta las muñecas y me recoge en sus brazos.

—¿Estás bien, ángel?

De alguna manera me las arreglo para asentir. Trato de hacer que mis labios se muevan, de preguntar por su placer. Lo invitaría a satisfacer su fantasía expresada anteriormente de correrse sobre mí, pero no me sale ningún sonido.

Carlos me coloca una botella de agua en los labios y yo bebo.

—Eres tan hermosa… —murmura con asombro.

No necesito que me lo digan, como mujer alfa, es algo que siempre he sabido, pero él no parece estar diciéndolo para cortejarme. Es más como una observación que no puede evitar hacer.

—¿Tienes hambre, mi amor? También compré algunos bocadillos para nosotros.

Le hago un guiño débil.

—¿Cuándo estabas planeando alimentarme? —le pregunto cuando regresa con un recipiente de fresas frescas, una baguette y un frasco de Nutella.

—Todavía no había descubierto esa parte. —Su sonrisa triste es humilde y bella y mi molestia restante se desvanece. Este es el macho que recuerdo de esa celda en México. El macho con el que formé un vínculo, me guste o no. Sumerge una fresa en la Nutella y la sostiene hasta mi boca.

Tomo un bocado, consciente de su mirada pegada a mis labios. Un goteo de jugo se escapa y Carlos se lanza mientras mi lengua se aleja. Se detiene y traga.

—Sedona. Tengo tantas cosas que quiero decir, pero ninguna de ellas parece lo suficientemente buena. Lo siento. Empezaré con eso. Lo siento.

Lo miro entrecerrando las pestañas.

—¿Por qué, exactamente?

—Por lo que te hizo mi manada. Nunca podré resarcirte. Nunca estaré a la altura de ti. Pero quiero intentarlo.

Doy un respiro. Tengo que hacer esta pregunta. Necesito saber cuánto de lo que sucedió en México fue biología —la luna llena y dos alfas encerrados— y cuánto es real.

—¿Qué pasa con lo que dijiste en la celda, que no estabas arrepentido de que hubiera sucedido?

Carlos aprieta la mandíbula y se ocupa de arrancar un pedazo de pan y sumergirlo en la Nutella. Él me lo da de comer.

—Eso también es cierto. —Su voz tiene el peso de una

confesión vergonzosa, como si no quisiera admitirlo, pero no puede mentir.

Estoy consternada por el alivio que me hace sentir su admisión. ¿Hasta dónde me he enamorado de este tipo?

Me encanta el pan con chocolate y levanto la barbilla para instarle a que me dé más. Lo hace inmediatamente. No tengo comparaciones, pero es difícil imaginar a un amante más atento.

—Sedona, no quiero forzarte. Lo último que quiero es hacer todo más difícil. Pero también soy incapaz de dejarte ir. No estoy diciendo eso para asustarte, solo estoy tratando de explicarte por qué estoy aquí, siguiéndote como un perro callejero que huele carne.

Mis labios se estremecen ante su comparación y veo que el alivio se filtra en su expresión.

—Déjame servirte como escolta en este viaje. Sé que viniste a olvidarme. Para olvidar lo que pasó. Pero llevo días mirándote, mi amor, y tu melancolía no ha disminuido. Tal vez necesites un... *amigo* para compartir tus viajes. Hablo un poco de francés y soy muy bueno sosteniendo paraguas y manteniendo a las bandadas de fanáticos lejos de los artistas que pronto serán famosos cuando se detienen a dibujar cosas.

Arqueo una ceja.

—Amigo, ¿eh? ¿Desnudas a todas tus amigas y las atas a postes de cama? —En el momento en que hago la pregunta estoy ardiendo de celos. ¿Lo ha hecho antes? Parece bastante experto en ello. Quiero sacar los ojos de cada mujer con la que ha estado.

Sus labios se contraen.

—Deberías saber que es mejor no provocar a mi lobo —me dice usando ese tono autoritario que hace que me moje.

—Entonces, ¿qué dices, muñeca? ¿Me dejarás quedarme? ¿Ser tu compañero?

—Eso depende. —Ya sé que mi respuesta es *sí*. La pesadez que me ha envuelto desde México se está aliviando y los viajes europeos de repente se vuelven tan atractivos como lo sentí cuando soñé por primera vez con venir aquí.

—Nombra tus condiciones, mi amor. Las respetaré.

Me encanta el honor y el respeto que me muestra.

—Cuando digo que necesito espacio, te echas para atrás. No te estoy aceptando como mi compañero.

Asiente gravemente.

—Entendido. No estoy pidiendo eso.

De repente le arrebato una fresa y la muerdo. Me encanta la expresión hambrienta que se arrastra sobre la cara de Carlos mientras me mira. Me pregunto si va a exigir su propio placer o negárselo a sí mismo para demostrar que se comportará. Estoy tentada a confesarle que la próxima vez me encantaría probar el tapón y su polla, pero me contengo.

No es mi pareja, es un compañero. Todavía no hemos discutido cuán condenada e imposible sería cualquier relación futura, pero el tema se cierne sobre nosotros.

—Tal vez deberíamos ir a España —espeto.

—¿Por qué?

—Hablas el idioma. Podría ser más divertido.

Apoya su frente contra la mía mientras presiona otra fresa entre mis labios.

—Esa es una idea maravillosa, mi amor. Iremos a visitar los lugares favoritos de Gaudí y Picasso. Dalí. Miró. ¿Quién más?

Le regalo una sonrisa. Aunque he sido la princesa de la manada de mi padre toda mi vida, y muchos me consideraban una mimada, siempre sentí que nadie me conocía.

Como si fuera poco más que un objeto o símbolo. Carlos me presta atención. Él sabe exactamente lo que me gusta y me encanta la sensación de ser realmente *vista* por una vez. Y la idea de visitar museos con él casi me hace sentir mareada.

Acurruco la cabeza contra su hombro, instalándome en la comodidad que me proporciona. A pesar de todos mis valientes deseos de hacer este viaje sola, es mucho más agradable tener una pareja. Sobre todo una tan capaz y cariñosa como Carlos.

CAPÍTULO DIEZ

Carlos

DEBO DEJAR la habitación de Sedona antes de que mi polla palpitante me haga hacer algo estúpido y erosione la confianza que acabamos de construir. Respiro su aroma que me tortura y alivia al mismo tiempo. Mi dulce compañera se queda dormida en mi hombro, un placer que voy a trabajar para ganármelo para el resto de mi vida. Nada me haría sentir mejor que proveer a mi pareja, alimentarla y protegerla en mis brazos.

Bueno, solo llevarla al clímax.

Mi lobo todavía está puliendo sus uñas sobre sus nalgas. Fue arriesgado empujar sus límites de la manera en que lo hice, pero la recompensa fue enorme. En Harvard, nos enseñaron a analizar el riesgo, a descubrir cómo minimizarlo. De repente me queda claro que jugar a lo seguro nunca me ha servido. Va en contra de mi naturaleza de lobo, de mi naturaleza alfa. Y definitivamente es la razón por la que tengo un desastre con el que lidiar en Monte Lobo.

Mi manada necesita una sacudida. Los miembros del consejo necesitan ser removidos y yo soy el único que puede dar vuelta la situación. Hay que hacer cambios, hay que inculcarles el progreso.

Acostado aquí con Sedona en mis brazos, veo todo clarísimo. Como si todo lo que necesitaba para cambiar mi vida fuera convertirme en su pareja. Si soy un hombre —bueno, un lobo en nuestro caso— lo suficientemente bueno como para ser su compañero, me he convertido en el alfa que puede liderar adecuadamente su propia manada. Y eso puede significar hacer las cosas de manera diferente a como las hizo mi padre.

¿Es cierto que parte de mi renuncia a seguir adelante proviene de un deseo de no superar a mi progenitor? Alucinante y estúpido, pero ahí está. He estado conteniéndome por honor a mi padre. Si él no desafió al consejo, ¿qué me hacía pensar que debería hacerlo?

El dolor inesperado se apodera de mi pecho. Me siento desleal por solo pensar que puedo hacerlo mejor. Pero si no lo hago, nunca me ganaré a mi compañera. ¿Cómo puedo esperar llevar a Sedona a una manada rota? ¿Qué vida podría darle?

Le dejo caer un ligero beso en la frente, la libero de mis brazos y la cubro con la manta. Necesito hacer algo con mi polla dura como una roca o dormir me será imposible. Si yo fuera un mejor lobo, la dejaría aquí y bajaría a mi propia habitación. Pero eso es *jodidamente* imposible.

Nunca dejaré a Sedona por mi propia voluntad. No a menos que me pida que me vaya.

Me voy al baño, me quito la ropa y entro en la ducha. Ni siquiera con el agua fría puedo conseguir que mi polla se ablande.

Joder. Solo voy a ser capaz de solo dormir al lado de Sedona si me alivio aquí. Cambio la temperatura hasta que está caliente y empuño el miembro furiosamente sólido. Todo lo que tengo que hacer es pensar en Sedona acostada a menos de diez metros de distancia desnuda.

Bombeo mi polla con la mano, con los ojos en blanco. Todo lo que tengo que hacer es recordar el momento en que la reclamé en Monte Lobo para liberarme contra la pared de la ducha. El calor del agua es de repente demasiado intenso.

La cambio a fría y me lavo.

Ahora, con suerte, puedo acostarme junto a ella sin peligro de atacarla mientras duerme. Me desprendo la toalla y me pongo mis calzoncillos bóxer. Pero cuando regreso al dormitorio mi polla se levanta al verla.

¡*Demonios*! Va a ser una noche mortal.

~.~

Sedona

Sueño que las manos de Carlos están por todas partes, acariciándome la piel desnuda. Él está gruñendo algo severo y dominante que hace que mis dedos se enrosquen.

No, espera. Espera un minuto. Esas son las manos de Carlos por todas partes. Una se desliza sobre mi cadera y la otra se enreda en mi cabello.

Estoy despierta.

Pero ni siquiera estoy segura de que esté despierto. Su respiración suena lenta, profunda, pareja como si estuviera durmiendo y creo que sus manos vagan por sí mismas sobre mí.

—¿Carlos?

Su respiración cambia y deja de acariciarme. Luego, a juzgar por su exhalación lenta, reanuda el sueño y comienza la acariciarme de nuevo.

Dondequiera que me toca, mi cuerpo cobra vida, siente calor y un cosquilleo. Su mano acaricia mi costado, se desliza alrededor para sostener mi pecho. Lo aprieta, frotando el pulgar sobre el pezón.

¿En serio este tipo es tan bueno en la cama que puede hacerlo mientras duerme? Debería haber seguido con mi pregunta sobre cuántas mujeres ha entretenido de esta manera.

Aprieto los muslos juntos para aliviar el renovado pálpito de deseo. Parpadeo viendo el reloj de cabecera. Son las cuatro de la mañana. Si sigue haciendo esto, nunca volveré a dormirme.

Agarro su mano y la deslizo hacia abajo entre mis piernas.

Una vez más, hay una pausa en su respiración antes de que se relaje de nuevo con una cadencia uniforme, pero sus dedos saben qué hacer. Me acarician. Me sorprende lo mojada que ya estoy.

Me quedo quieta. Carlos gruñe.

¿Está despierto ahora? No lo puedo decir.

—¿Carlos?

Los gruñidos se hacen más fuertes, sus dedos hurgan más profundo, separando los pliegues, penetrando en mí.

Ahogo un grito y pongo las piernas en forma de tijera, apretándolas alrededor de su mano, hambrienta de contacto completo.

Un gruñido arranca de la garganta de Carlos y de

repente se coloca sobre mi vientre, con su mano agarrando mi nuca y sus rodillas golpeando mis muslos.

Mi respiración se detiene cuando deja caer su peso sobre mí, empujando su polla rígida en la muesca entre mis piernas.

Casi me río. Su polla no puede penetrarme por los calzoncillos, pero no está lo suficientemente despierto como para darse cuenta. Gruñe en la frustración, empujando más fuerte. Si no fuera por la mano en mi nuca, iría volando al cabecero que está golpeando tan fuerte.

Él se da cuenta del problema y desnuda su polla, medio segundo más tarde me empala con ella completamente.

Grito, aunque no me duele, solo me escandaliza la fuerza y cómo se deja llevar en las embestidas. Bombea duro y deprisa, presionándome con sus potentes caderas, golpeando su torso contra mí. Sus gruñidos llenan la habitación, proporcionando el bajo al tono soprano de mis gritos jadeantes.

Extiendo las piernas, me arqueo hacia atrás para encontrarme con él, cegado con la más profunda satisfacción.

Sí, esto.

Nunca supe que podría ser tan bueno.

Y sonámbulo, nada menos.

Los gruñidos de Carlos se ahogan, su cuerpo se detiene y deja escapar una respiración. Él me libera la nuca y me saca el pelo de la cara, pero sus caderas comienzan a empujar de nuevo, incluso con más prisa que antes.

Me giro para mirar hacia atrás y él me está mirando fijamente con sus cejas juntas en una línea apretada.

—¡Sedona, oh, Dios! —grita con la voz resonando en las paredes.

Juro que siento su caliente esperma llenarme. Empujo

mi mano hacia abajo, entre mis piernas, y me froto el clítoris hasta el final.

Él gime, todavía teniendo el orgasmo, y empuja nuestros cuerpos poniéndolos de lado y agarrando mis dos pechos mientras continúa embistiéndome. Su aliento arde caliente en mi cuello mientras me amasa los pechos, pellizcando los pezones.

Me corro de nuevo. Es una réplica casi tan buena como la primera.

Carlos me chupa y me besa el cuello, gimiendo. Tengo la sensación de que todavía está volviendo a la conciencia.

—Sedona, lo siento mucho. No quise hacerlo. —De repente ve que estoy usando mis dedos en el clítoris y le rozan la base de su polla, coge mi muñeca, tirando de ella delante de nuestras caras—. ¿Qué estás haciendo? —Su acento es grave y sexy. Se lleva mis dedos a su boca y los chupa.

Mi coño se contrae como si estuviera lamiéndolo.

—Mi amor, no te toques cuando estás en la cama conmigo. Ese es *mi trabajo*.

Mi corazón toma velocidad en cuando me regaña.

Me chupa los dedos de nuevo.

—Mmm. Sabes delicioso, ángel. Lamento no haber hecho bien mi trabajo esta vez. Yo estaba, eh...

—¿Dormido? —digo riéndome.

Deja caer la cabeza en mi cuello y se ríe.

—Lo siento mucho —gime—. ¿Te lastimé? ¿Estás bien?

—Estoy bien.

Levanta la cabeza, mirándome a la cara con una intensidad que hace que mi pulso se acelere.

—¿Seguro? No quise hacerte esto, hermosa. Me alivié antes de acostarme para no forzarme sobre ti, y luego lo hice mientras dormía. Sin protección.

Se ve tan genuinamente triste.

—Te habría detenido si no me hubiera gustado.

Una mirada de asombro se cuela sobre su rostro.

—¿Estuvo bien? ¿Te gustó?

—Sabía que estabas dormido. Me sorprendió un poco que llegaras tan lejos conmigo sin despertarte. Debería haber un premio por ser capaz de hacer algo así.

Todavía sigue bombeando lentamente en mí, a pesar de que ambos hemos llegado al orgasmo y su polla se está ablandando. Él alcanza el sitio entre mis piernas y golpetea ligeramente el clítoris.

—No merezco ningún premio si no pude satisfacerte, mi amor.

Una segunda réplica se desliza a través de mí. Una pequeña esta vez, pero no menos placentera.

—Nunca más. —Está sacando el tono mandón otra vez—. Seré yo quien te dé placer, ángel. Es mi deber. Uno que prometo tomar muy en serio.

Quiero reírme, pero suena muy serio. Como si estuviera haciendo un juramento en la tumba de su padre.

—Oh, bien. —No sé qué más decir.

Él aterriza sobre mi cuello con un beso épico, parecido a una mordida.

—Nadie más toca esto —gruñe con voz de advertencia—. Ni siquiera tú.

Me estremezco ante la posibilidad de más castigo de sus manos si desobedezco. La idea me emociona y no puedo esperar para probarlo, pero respondo:

—Está bien.

Él me muerde la parte externa de la oreja.

—Buena chica.

La calidez se apodera de mí con sus palabras y me acomodo de nuevo en sus brazos. Tal vez pueda volver a dormirme.

CAPÍTULO ONCE

Carlos

LLEVO CAFÉ y *croissants* desde el carrito de bocadillos del tren hasta donde Sedona dibuja en su cuaderno de bocetos. El viaje de París a Barcelona dura seis horas y media en tren y he hecho todo lo que se me ocurre para que las cosas sean fáciles y agradables. Compré boletos de primera clase y pagué tres asientos en lugar de dos para que no tuviéramos que sentarnos con nadie más. Configuré su teléfono para cargar en la toma de corriente entre nuestros asientos y le ofrecí mi iPod y auriculares para la música.

Me encanta ver su trabajo. Está absorta en su boceto de un hada encendida con una flor.

Ella apenas mira hacia arriba mientras pongo la comida en mi bandeja, pero no me ofendo. No quiero entrometerme en su tiempo, solo estoy agradecido de que me haya permitido cuidarla.

Saco el teléfono y llamo a Monte Lobo. Es domingo, y era mi costumbre cuando estaba fuera llamar a mi madre los domingos. Por supuesto, ella no tiene su propio teléfono, ya que la tecnología está prohibida para todos, excepto para el consejo y el alfa.

Llamo a don Santiago, que actúa como una especie de conserje de la manada. Casi todas las comunicaciones pasan por él. No me gusta don Santiago ni ninguno de los miembros del consejo, pero él es probablemente el más capaz. Al igual que yo, fue a la universidad. Tiene un título avanzado, incluso trabajó durante un tiempo en un laboratorio de genética en la Ciudad de México. Ha estado en el mundo lo suficiente como para entender cómo funcionan las cosas, incluida la tecnología y la mejor manera de usarla. Él fue el responsable de conectar la montaña al wi-fi a pesar de las terribles predicciones del consejo de que conectarnos con el mundo nos llevaría a la destrucción.

Don Santiago responde:

—Carlos. —Él siempre usa ese tono de abuelo conmigo.

—Hola, don Santiago, ¿cómo están las cosas? —digo en español—. Es la misma conversación que tuvimos cada semana mientras estuve fuera en la universidad.

—Aquí todo está bien, *mijo*. —Me llama *mi hijo*, lo que siempre me eriza.

No dejo que lo repita esta vez y le contesto:

—Carlos. O don Carlos. No hijo. —Me alegro de poder decirlo fríamente con un gruñido.

—Por supuesto, lo siento don Carlos. Es solo que te conozco desde que eras un bebé —suaviza don Santiago.

—Y ahora soy un alfa.

—Sí, por supuesto. Nadie lo cuestiona.

Por alguna razón sus palabras hacen que los vellos de mis brazos se pongan de punta. Lo dijo demasiado rápido, con demasiada facilidad. Como si realmente tuviera que preocuparme de que habrá un desafío. Lo almaceno en mi cabeza para analizarlo más tarde.

—¿Encontraste a tu mujer, Carlos?

Sofoco un gruñido de nuevo. No me gusta que nadie hable de mi mujer, especialmente con ninguno de los putos miembros del consejo.

—La encontré.

—¿Y?

Esta vez hago retumbar mi voz.

—La llevo a Barcelona. Es una especie de luna de miel. —Miro a Sedona con sentimiento de culpabilidad, a pesar de que no habla español. No estoy seguro de que ella apreciaría que llame a esto una luna de miel, ya que no ha aceptado ser mi pareja, pero solo estoy diciendo lo que Santiago quiere escuchar. Para quitármelo de encima—. ¿Está disponible mi madre? —pregunto con impaciencia.

—Ahora estoy caminando hacia su cuarto. A ver si hoy habla con coherencia.

Me crujen los dientes, aunque no sea culpa de don Santiago si es coherente o no. De hecho, yo dependía de don Santiago para mantenerme informado sobre mi madre. Pero después de la sugerencia de María José, tengo a alguien más que la supervisa. Una semilla de duda se ha plantado en mí. ¿Don Santiago tiene en mente lo mejor para ella? ¿Qué pasa si no le están dando la mejor atención posible? ¿Qué pasaría si hubiera intentado devolverla a su propia familia después de que mi padre muriera?

No es demasiado tarde, puedo investigarlo cuando regrese. Otra cuestión más que abordar.

Escucho la voz de don Santiago y la de mi madre respondiendo, entonces ella habla:

—¿Carlos?

—Hola, *mamá*. ¿Cómo te va?

—¿Carlos? ¿Dónde estás?

—Estoy en Barcelona, mamá, con la chica de la que te hablé.

—¿En Barcelona? —Suena confundida. Nada nuevo allí.

—Sí, con mi mujer.

Mi madre da un fuerte jadeo, y un pico de miedo se precipita a través de mí antes de que ella proclame:

—¡Qué maravilloso! Carlos tiene una compañera.

—¿Estás llorando, mamá?

—Estoy muy feliz por ti, Carlos. ¿Cuándo la vas a traer a casa?

—No estoy seguro. Pronto, espero. —Este hecho me mata. Pero no es mentira, siempre puedo esperar.

—Nietos. Quiero nietos, Carlos.

Una oleada de anhelos me atraviesa con tanta fuerza que tengo que cerrar los ojos. «Sedona, embarazada de mi cachorro». Mi vida entera valdría la pena vivir si ese fuera el caso. Y me aseguraría de que su vida fuera perfecta.

Me despejo la garganta.

—Yo también quiero eso, mamá.

Sedona me mira con curiosidad, sacándose los auriculares de las orejas.

—Escucha, mamá, tengo que colgar. Te llamaré la próxima semana. Cuídate.

—Te amo, Carlitos, *mijo*. Trae a la loba de vuelta aquí. Quiero conocerla.

—Sí, mamá. Yo también te amo. Adiós.

Termino la llamada, me dirijo a Sedona y me encojo de hombros.

—Era mi madre.

—¿Estaba ella...? —Sedona parece luchar por encontrar las palabras. Agradezco su sensibilidad.

—Estaba coherente. Le hablé de ti. —.Me entretengo

con los cruasanes, sacando uno de la bolsa de papel para ofrecérselo.

—¿Qué dijiste?

—Bueno, le hablé de ti la mañana que te fuiste, pero se había olvidado. Le dije que estaba aquí contigo ahora y lloró.

Sedona me está mirando demasiado atentamente como para sentirme cómodo. Rompo un pedazo de cruasán y lo estrello entre sus labios.

—Soy capaz de alimentarme sola, sabes.

—Me gusta alimentarte.

Ella sonríe mientras mastica.

—Sé que sí. Entonces, ¿por qué lloró?

—Está feliz por mí. No le conté nada de la, eh, historia. Solo que estoy aquí con mi mujer, una mujer —enmiendo.

La tristeza que vi en la cara de Sedona toda la semana pasada se arrastra de nuevo y quiero pegarme un tiro por hacerla recordar. Hay tanta fealdad en nuestro pasado debido al consejo. No quiero mencionarlo, pero sé que tenemos que enfrentar el problema en algún momento. Respiro hondo.

—Escucha. Lo resolveremos. Sé que hace falta mucho para superar lo que hemos pasado, nuestras diferencias, dónde vivimos. Pero danos una oportunidad, Sedona.

—No lo sé, Carlos. Vivimos en mundos diferentes.

—Somos dos lobos educados e inteligentes. Podemos hacer que funcione.

Su frente se arruga y desvía la mirada lejos.

La agarro de la mano para traerla de vuelta.

—He estado pensando en cómo está la situación en Monte Lobo. Siempre planeé cambiar las cosas tan pronto como me convertí en alfa. Solo he vuelto unas semanas, y no ha sido tan fácil como esperaba, pero prometo que las cosas serán diferentes. Sedona, en primer lugar, quiero que sepas que traté de vengar tu secuestro, pero alguien llegó primero.

—Garrett. Mi hermano.

Asiento.

—En segundo lugar, quiero decir, que lo que el consejo hizo contigo, con nosotros, estuvo mal. Cuando vuelva, voy a poner las cosas patas arriba. Hay muchos lobos buenos en la manada, y se merecen algo mejor. —Algo en mí cambia mientras hablo. Hago la promesa en mi corazón mientras le digo a Sedona—: Voy a erradicar la corrupción y a sacar la manada de la Edad Oscura. Seré el alfa que necesitan.

Sedona estudia mi cara. Me quedo muy quieto, preguntándome qué ve en mí.

—Está bien. —Algo se relaja en ella.

—Gracias. —Me alegro de que haya escuchado. Sin embargo, no puedo decir si me gané su confianza.

—Una cosa es segura —dice—. Tu consejo... —sacude la cabeza—. No se puede confiar en ellos. No después de lo que hicieron.

—Lo sé. Después de que mi padre muriera, comenzaron a dirigir la manada solos. Yo era demasiado joven para liderar y no había claramente otro alfa. Han tomado demasiado poder. Llevará un tiempo deshacer el daño que han hecho.

—¿Así que volverás a México? —me pregunta, y mi corazón se estremece. Este es el tema que he estado evitando.

Respiro hondo.

—Quiero decir que no, pero hay una hermosa hembra que me cautiva...

Sedona sonríe.

—Pero no me respetarías si abandonara mis deberes.

—No, no lo haría.

—Pero tenía que volver a verte aunque fuera por unos días. Monte Lobo es muy opresivo, aunque mirarte hace que recuerde por lo que estoy luchando. Espero que disfrutes de los próximos días conmigo. Podemos fingir ser turistas que simplemente se conocieron y viajan juntos por capricho.

Ella levanta una ceja.

—Es una propuesta a largo plazo, pero espero que lo entiendan. Necesito esto. Aunque solo sea por unos días.

—Entiendo —dice suavemente, y una sombra pasa sobre su rostro.

—Oye —le pongo la palma en la mejilla—, no tenemos que decidir nada. Centrémonos en disfrutar juntos de España.

—Está bien.

Me quito un peso de encima y siento alivio. No tengo respuestas para el futuro, pero mi lobo está feliz de vivir en el ahora, disfrutando en presencia de su pareja elegida.

Hago estallar otro bocado de cruasán en su boca.

—¿Puedo ver tu dibujo?

Ella toma su cuaderno de bocetos, luego duda, disparándome una mirada inescrutable.

—¿Por favor?

Contengo la respiración mientras me lo pasa lentamente, con la esperanza de que diga las cosas correctas. El hada es adorable: ojos enormes y amplios, una boca de pajarita y coletas rojas. Largas y delicadas líneas componen su cuerpo para dar la impresión de movimiento, como si estuviera a punto de pasar a la siguiente flor. Tiene las manos agarradas detrás de su espalda, como *La pequeña bailarina de Degas*, pero mucho más linda. Hay una cualidad alegre e impúdica, no sé lo suficiente sobre arte como para entender cómo Sedona lo hizo.

—Es… *perfecto.* Tienes un verdadero talento, Sedona.

—Oh, por favor. —Ella trata de arrebatarme el dibujo, pero yo lo mantengo fuera de su alcance—. No es nada. Cosas de dibujos animados.

—Es hermoso, hechizante. Y lo más importante, es lo que quieres crear. —No puedo evitar pensar en monetizar su arte, lo cual aprendí en Harvard—. Estas serían tarjetas de felicitación perfectas. O libros infantiles. Incluso camisetas.

Se mordisquea el labio, pero veo una chispa de esperanza en sus ojos y quiero levantar el puño. Dije lo correcto.

—Realmente no lo sé. No soy buena con el mercadeo o la venta. Me gusta crear.

—Entonces déjame venderlos por ti. Actuaré como tu agente. O gerente de negocios, lo que los artistas tengan.

—Eso sería genial —dice como si creyera que no va a pasar, lo que me cabrea. Me hace mostrarme aún más decidido para demostrarle lo duro que trabajaría por su felicidad.

Le doy la vuelta a una página y ella trata de arrebatármelo. Me giro para mantenerla fuera de su alcance, donde puedo verla.

Soy yo, mi lobo, con amoroso detalle. Ella tiene mi derecho de colorear mis ojos. Se acordó de todo, aunque solo lo haya visto una vez.

—Sedona. —Vuelvo a ella, con los ojos bien abiertos de asombro—. Me dibujaste.

Sus mejillas se enrojecen. Ella se encoge de hombros como si no fuera nada.

—¿Por qué no iba a hacerlo?

—¿Puedo quedármelo?

—No. —Ella lo alcanza y esta vez a regañadientes se lo devuelvo.

La decepción me atraviesa.

—¿Por qué no?

—Quiero conservarlo —murmura.

Mi confianza venida a menos toma un giro brusco. Ella quiere conservarlo. Un dibujo de *mí*. Quiero extraer demasiadas conclusiones sobre ello, pero sé que no es sabio. Sedona no ha admitido ningún sentimiento por mí todavía.

—Entonces quiero al menos uno de ti —exijo.

Ella da un bufido.

—No me dibujo a mí misma. —Sus mejillas adquieren un encantador tono de rosa.

—Inténtalo.

Gira sus ojos, pero una sonrisa juega alrededor de su boca.

—Lo pensaré.

Me acomodo de nuevo en mi asiento y bebo el café, poniendo una mano sobre su pierna. Tocarla me motiva, alivia mi ansiedad incluso cuando acelera los motores de la lujuria que siempre arden ante su presencia.

Me siento calmado y cómodo con ella, y apenas me atrevo a pensarlo, pero estoy empezando a creer que podemos encontrar una manera de hacer que las cosas funcionen.

Todavía no sé cómo, pero sé que quiero intentarlo.

~.~

Anciano del Consejo

. . .

Me instalo en mi asiento de primera clase en el avión a Europa y saco mi ordenador portátil. Tengo una gran cantidad de resultados de laboratorio para revisar las pruebas realizadas en la Ciudad de México. Afortunadamente, estaban en un laboratorio, no en el almacén. No me detuve ahí por si me estaban siguiendo. No los federales, a los que puedo pagar, sino los cambiantes. Había un lobo que liberaron que no era parte de los norteamericanos y su manada está ahora a la caza.

Buena suerte para ellos. He hecho un excelente trabajo quedándome detrás de escena. Es fácil cuando se está dispuesto a pagar más por los servicios prestados.

Escaneo los resultados, estudiando los marcadores genéticos de la loba norteamericana, así como los de sus compañeros de manada. Todos sanos. Lástima que no tuviera tiempo de extraer óvulos y semen para iniciar la fertilización *in vitro*.

Razón de más por la que Carlos necesita embarazar a su hembra en este viaje, si no lo ha hecho aún.

Barcelona.

Carlos no podría haberme hecho el trabajo más fácil. Tengo un almacén allí, con dos lobos, un jaguar y dos osos en cautiverio, todos transportados desde Siberia.

Podría llevarlos a México, pero Carlos me facilitó la decisión. Voy a matar dos pájaros de un tiro.

Si Carlos no coopera, lo encarcelaré a él y a su pequeña norteamericana, y los criaré de otra manera. Es mejor que matarlo, como a su padre. Qué desperdicio.

Envío un mensaje a Aleix, uno de los traficantes: *Hay dos nuevos lobos en tu ciudad. Encuéntralos, míralos, pero no los toques, están bajo mi protección.*

~.~

Sedona

Carlos me sostiene la mano mientras caminamos por Las Ramblas, el centro comercial peatonal y al aire libre de Barcelona. Trato de no pensar demasiado en lo que hace, si debo dejar que él tome mi mano o el mensaje que envía. Ya está durmiendo en mi habitación, despertándome por la noche para follarme hasta volverme loca. Probablemente que me agarre de la mano no debería ser un límite difícil.

La calle está llena de turistas y vendedores, y tengo que admitir que disfruto de la forma en que Carlos encarna la seguridad y la protección.

Me detengo a ver a un artista callejero que finge ser estatua por un momento, luego Carlos me lleva al mosaico de Miró situado en la acera donde los turistas vagan sobre él, sin saber que es una famosa obra de arte.

Curioseo una colección de bolsos de cuero de un vendedor y Carlos saca su billetera, como lo ha hecho cada vez que me he detenido. Él está ansioso por comprarme cualquier cosa que mi corazón desee. Lástima que no soy una artista hambrienta o podría usar esa excusa para atarme a él.

Fue una idea extraña.

Es solo que me está cortejando tan activamente. Demostrando que puede cuidar de todas mis necesidades. Es dulce como el infierno, pero no quiero bajar mis defensas si lo pienso demasiado. Siento que estoy en un *reality show* donde tengo una cantidad limitada de tiempo para conocer al soltero número uno y decidir si es el tipo con el que voy a pasar el resto de mi vida.

Carlos y yo tenemos química, de eso no hay duda. Pero no puedo decidir cuánto del resto es real. ¿Está aquí cortejándome porque su biología lo obliga a hacerlo? ¿Su lobo no me dejará ir ahora que me ha marcado?

¿No hay alguna chica mejor para él? ¿Alguien de su propia cultura, que habla el idioma y no le importe el consejo loco?

Pero incluso cuando lo pienso, odio a esa compañera imaginaria. Ella no sería buena para él, lo sé.

Dejo el bolso de cuero que estoy examinando.

—¿Quieres uno? —Carlos pregunta.

Agito la cabeza.

—No, gracias.

Entonces él levanta una ceja.

—¿Estás tratando de mostrar que puedes cubrir todas mis necesidades?

Se ríe.

—Estoy pasado de moda. Tal vez sí.

—¿Cuál es tu situación financiera, de todos modos? —pregunto arrepintiéndome al instante porque ahora parezco una soltera entrevistando a su candidato.

—Mi manada tiene riqueza. Generalmente, todo va a la hacienda y el resto se queda sin nada.

Él dice esto como un hecho, pero sé que es algo que no ha aceptado, si no no me hubiera llamado la atención.

—¿Entonces vas a redistribuir la riqueza?

—No es tan fácil. Quiero destinar dinero para infraestructura: plomería y electricidad para mejorar las viviendas. Pero creo que también podríamos cambiar la forma en que hacemos negocios para aumentar los beneficios. He estado examinando los libros contables y deberíamos estar ganando más. Mucho más.

—¿Crees que alguien está robando?

Él se encuentra con mi mirada.

—¿Para ser honesto? Sí.

Le aprieto la mano.

—Bueno, estoy segura de que descubrirás quién es y te harás cargo de él. Por eso estás ahí, ¿verdad?

Él coloca un brazo alrededor de mi cintura y me arremolina hacia él, mis pechos presionando contra sus costillas.

—Todo parece factible cuando estoy contigo.

Mi corazón tartamudea y me derrito, levantando la cara para que me bese.

Me cubre los labios con los suyos.

—Tú me das motivos para hacerlo —murmura.

Parte de mí quiere alejarse, negar que *yo* sea la razón. No estoy lista para semejante compromiso. Pero los fuegos artificiales se disparan en mi pecho y le estoy sonriendo como una tonta.

Su beso es cálido y tierno, impregnado de algo más profundo que la pasión. Y eso me asusta.

~.~

CARLOS

SALGO de la ducha después de un día recorriendo la Casa Museo Gaudí con Sedona, quien hace que todo sea mágico. La arquitectura de Gaudí es impresionante, sin duda, pero verla a través de los ojos de ella la hace aún más gloriosa.

Con una toalla envuelta alrededor de mi cintura, salgo

del baño hacia nuestra habitación de hotel y encuentro a Sedona con su vestido rojo.

—Ah, no, muñeca —digo con total autoridad. Tengo que evitar esta catástrofe o estaré arrancando los ojos de todos los hombres que la miren esta noche.

Por no hablar del problema adicional de que no podemos ir a cenar porque ahora quiero ponerla contra la pared.

—Vístete. No puedes llevar eso. —Mala jugada de mi parte, pero no puedo evitar que el dictado salga volando de mi boca.

Ella lanza sus manos sobre las caderas.

—Que te *jodan*. Me pondré lo que quiera.

Bueno, sí. Lo fastidié totalmente diciendo eso.

Acecho hacia ella, como un cazador tras su presa. Aplaco mi lobo antes de hablar esta vez.

—Perdóname, mi amor. No lo quise decir así. —Mis manos alcanzan sus caderas y deslizo la tela hacia arriba para revelar más muslo—. Solo quería decir que si llevas ese vestido, lo único que comeré esta noche serás tú.

Una de esas hermosas sonrisas le ilumina el rostro.

—Cuento con eso.

Me quedo quieto.

—Pero te estás muriendo de hambre. Ya lo dijiste dos veces antes de que volviéramos aquí para ducharnos y cambiarnos.

—Tendrás que contenerte hasta después de la cena. —Ella cubre mis palmas con las suyas.

—Imposible.

Se encoge de hombros.

—Entonces iré sola.

—Al diablo con esa idea —gruño. Esta vez no puedo evitar apiñarla contra la pared y atraparla entre mis brazos —. Quítate el vestido.

Sus ojos se dilatan. Las comisuras de sus labios se levantan.

—No. —Escucho el desafío en su voz. Es el mismo que hace que la persiga cuando ella corre.

Pero en algún lugar, de alguna manera, también recuerdo que tiene hambre. Es mi deber proveer a mi mujer. Así que tendré que hacer esto rápido. La giro para encarar la pared y agarro con el puño la tela de su falda para levantarla por detrás.

Lleva unas minúsculas bragas, pequeños hilos de satén que sostienen un trozo de tela entre las piernas.

Las arranco, incapaz de contenerme lo suficiente como para quitárselas suavemente.

—¿Para quién son esas bragas? —gruño locamente celoso porque las trajo a París antes de saber que me uniría a ella.

—Fácil, grandulón —me calma—. Son para ti. Solo para ti. Como este coño. —Se mete la mano entre las piernas y se toca a sí misma.

«Oh, no, ella no lo puede hacer».

Coloco un brazo alrededor de su cintura para sostenerla y azotar sus exuberantes nalgas con mi mano que cae con rapidez y dureza. Mi otra mano se desliza por su vientre para posarse en su monte de Venus. Ella está mojada, goteando. Presiono un dedo en su calor húmedo, lo uso para extender la humedad hasta el clítoris. Ella cierra sus dedos sobre el mío, se mece hacia abajo para obtener más atención allí.

Contengo la respiración y dejo de azotarla, apretarle y masajearle sus curvas calientes mientras acaricio su coño mojado.

—Date la vuelta. —Mi voz es tres octavas más baja de lo habitual, más bestia que hombre.

Ella se da vuelta y yo agito la toalla de mi cintura.

Cuando desliza una pierna hacia arriba alrededor de mi cintura, saco mi antebrazo debajo de su coño, levantándola para que se encuentre con mi miembro palpitante.

Y entonces estoy dentro en ella. Exactamente donde he querido estar todo el día. Donde tenía que estar anoche, y la noche anterior.

Empujo hacia adentro y hacia arriba, llevando sus hombros contra la pared, pero sosteniéndole las caderas hacia fuera para que se unan con las mías. Es una diosa con el vestido enredado alrededor de la cintura y con el pelo esparcido en la pared. La embisto duro, profundo, implacable.

—Quería follarte lentamente esta noche, nena. Tomarme mi tiempo contigo. Pero no, tenías que usar *ese* vestido —gruño mientras la empotro.

Ella me agarra los hombros y sus uñas marcan mi carne como yo la he marcado.

—Carlos —se atraganta. La desesperación ya está ahí, está por llegar.

Y eso es bueno, porque no voy a aguantar mucho más tiempo.

—Fóllala —gruño—. Tómala profundamente, muñeca. Tú lo pediste.

Como de costumbre, mi mujer se excita con mi charla pervertida. Ella se rompe, los muslos internos me aprietan la cintura, el coño se contrae y se relaja mientras lanza su último grito, que queda suspendido en el aire porque ha dejado de respirar.

La embisto tres veces más y me sumerjo profundamente cuando me corro.

El pecho de Sedona se mueve de nuevo, y ella desliza sus manos a mi alrededor, me clava las uñas en mi espalda y cierra los ojos.

Reivindico su boca, inclinando mis labios sobre los

suyos, lamiéndolos y chupándolos hasta que acabo. Luego me congelo.

—Volví a olvidar el condón. —Había usado uno anoche, pero la noche anterior no usé ninguno y ahora tampoco. Por horrible que suene, inconscientemente debo querer que se quede embarazada para que se vincule a mí.

—Está bien. —dice y resguarda la cara en mi cuello, todavía recuperando el aliento—. No puedes dejarme embarazada.

El alivio se derrama en mí. Bueno, siento alivio con, tal vez, un diez por ciento de decepción. Debe de estar tomando la píldora. Extraño, pero no lo había olido de la manera en que puedo olerlo en una mujer humana.

Su estómago retumba.

—Nena, ¿tienes hambre? —pregunto mientras salgo de ella y le bajo los pies al suelo—. Vamos a cenar.

Se queda quieta y miro hacia arriba, desde donde me había agachado para recoger mi toalla.

—Sedona, *mierda*. —La acecho de nuevo envolviendo la toalla alrededor de mi cintura—¿Te lastimé? Fui demasiado rudo. Lo siento, ángel.

Ella me alcanza, envuelve sus brazos alrededor de mi cuello y me deja sostenerla.

—Me gusta cuando eres rudo —murmura en mi oído. Su cuerpo está temblando y me siento el imbécil más grande por follarla y luego dejarla mientras me limpio mi miembro.

La sostengo acariciándole la espalda, enterrando mi cara en su grueso cabello brillante. Estoy repitiendo la escena, tratando de averiguar si algo salió mal, o si ella solo necesita un momento de atención posterior cuando dice:

—Sin embargo, me debes un par de bragas.

Nos reímos.

—Y todavía voy a usar este vestido.

Lo acepto.

—Vale, muñeca, usa el vestido. Pero serás responsable de todos los hombres cuyos rostros se encuentran con mis nudillos cuando te miren.

Sedona me suelta y yo, a regañadientes, doy un paso atrás.

—Te comportarás bien —dice, y suena como si lo creyera, lo que me hace prometer cumplir con sus expectativas. Aunque me mate pensarlo.

~.~

Sedona

No mentí. No exactamente.

No puede dejarme embarazada porque ya lo estoy.

Mis entrañas nadan a contracorriente y todos los asuntos que he evitado examinar llegan a mí como una bofetada.

No pasará mucho tiempo antes de que él note el aroma del cambio de las hormonas. Antes de que mi cuerpo comience a cambiar para acomodar la nueva vida dentro de mí. Nuestro cachorro.

¿Qué significará para él?

Ni siquiera sé lo que significa para mí.

Todo este viaje a Europa no fue para sanar, fue un último intento para extender mis alas y volar antes de llevar la carga de un niño. He estado fingiendo que el bebé no existe, pretendiendo que no hay ningún problema mientras consigo levantarme el ánimo viendo arte famoso y teniendo sexo contra la pared con un hombre lobo libidinoso.

Pero voy a tener que enfrentarme a esta situación pronto. O me deshago de Carlos lo antes posible y trato de mantenerle alejado de este embarazo o nos mantenemos juntos y él lo descubrirá por su cuenta la próxima semana.

¿Y luego qué?

Si ya ha sido excesivo para protegerme en este viaje, ¿qué hará cuando sepa que estoy llevando a su cachorro? ¿Realmente creo que alguna vez me dejará separarme de su lado?

¿Qué dijo Garrett? «Se necesitaría una manada entera para mantenerlo alejado».

Me pongo un nuevo par de bragas y estiro el vestido hacia abajo mientras Carlos se viste.

Me está mirando como si supiera que algo está pasando por mi cabeza y se preocupa. Él presta atención, se lo concedo. Pero en momentos como estos me gustaría que fuera un poco menos.

No, no es cierto.

Carlos me acompaña y volvemos a bajar a Las Ramblas para encontrar un restaurante al aire libre donde podramos ver toda la actividad en la calle arbolada.

Estoy dolorida en todos los lugares correctos, pero sé que se desvanecerá en la próxima hora, así que saboreo cada punzada de dolor.

Carlos pide una botella de vino después de consultarme sobre mis preferencias. Cuando llega, tomo un sorbo, pero incluso si hubiera querido beber alcohol, no puedo. Mi cuerpo lo rechaza totalmente. Apenas puedo tomar un sorbo.

Después de pedir nuestra comida, Carlos pregunta:

—¿Qué está pasando en esa hermosa mente tuya, Sedona? Estás demasiado tranquila.

Agito la cabeza.

—Nada. Simplemente estoy tratando de no pensar en lo que va a ocurrir después con nosotros.

Su expresión se vuelve grave. Él me estudia y no puedo respirar.

—Ahora estoy tratando de no preguntarte en qué estás tratando de no pensar —dice.

Suelto una breve risa, agradecida por su capacidad de ser tan honesto conmigo. Que sea así de fácil hablar de algo tan duro.

El camarero trae nuestra comida y la devoro como si no hubiera comido en una semana. Espero que este no sea el comienzo de los antojos de embarazo, porque no quiero pasar los próximos nueve meses comiendo todo lo que está a la vista.

Ah. Y ahora estoy pensando en el embarazo de nuevo. No es que haya parado nunca.

Miro hacia la vía peatonal a un par de músicos que acaban de ponerse en marcha y Carlos sigue mi línea de visión. Se atraganta con su vino y yo le miro, divertida.

—¿Todo bien contigo? —le pregunto

Se da unos golpecitos en los labios con la servilleta.

—Sí. Voy a usar el servicio, muñeca. Volveré en un momento.

Treinta segundos tarda en formarse la idea en mi cerebro de que no se dirigió en dirección al servicio sino hacia la salida.

Mis instintos rugen y los pelos se me erizan en la parte posterior del cuello. Me siento como si necesitara cambiar y correr. Pero ¿cuál es el peligro? Miro a mi alrededor y veo a Carlos en La Rambla, hablando con...

«Oh, joder no».

Es uno de los miembros del consejo. Me acordaría de

aquel viejo en cualquier lugar. Es uno de los dos hombres que se encontraron con los traficantes en la puerta.

Tiro unos euros sobre la mesa y me levanto para salir del restaurante. Estoy tan enfocada en Carlos y el miembro del consejo, que no veo a un grupo de jóvenes que se aproximan hasta que se topan conmigo. Alguien me pincha en el brazo y casi pierdo el equilibrio, pero uno de ellos me atrapa. Se ríen y hablan en español; no, no español, en catalán, la primera lengua de Barcelona. Uno de ellos me agarra el codo y me dice algo amistoso, pero yo me lo quito de encima.

Cuando voy a limpiarme el brazo, mi mano sale ensangrentada.

No es nada, pero añade combustible a mi furia y una sensación de violación. Una furia de la que Carlos está a punto de llevarse la peor parte.

~.~

CARLOS

DON SANTIAGO ESTÁ AQUÍ en Barcelona.

Estoy listo para golpearlo en el suelo. No sé cuál es su juego, pero tengo la intención de averiguarlo. Ahora.

Si no estuviéramos en un lugar público, ya tendría su garganta en la mano.

—Relájate, *mijo*, no te estoy espiando como dices. Tenía asuntos que atender aquí y pensé que sería un buen momento para una visita, dice don Santiago.

—*Mierda.*

Don Santiago aún no ha borrado su expresión indulgentemente divertida de su rostro y estoy a punto de hacerla desaparecer con mi puño.

—Bueno. Tienes razón. El consejo tiene un interés en cómo te va aquí con tu mujer. Vine a ver si podía prestarte algún servicio.

—¿Servicio? —Me toma todo mi esfuerzo no gritar—. ¿Qué, vas a enviar un mango y vino a nuestra habitación de hotel? ¿Ayudarnos a ponernos de humor?

Don Santiago dobla los brazos sobre su pecho:

—¿Necesito hacerlo?

Aprieto los puños tan fuerte que mis uñas se clavan en mis palmas.

—¿Está embarazada ya?

Don Santiago mira por encima de mi hombro en el mismo momento en que capto el aroma de Sedona.

«¡*Carajo*!».

Me giro, pero es demasiado tarde. Ella nos oyó.

Su rostro está pálido como la nieve, pero la furia arde en sus ojos.

—Sedona, esto no es lo que piensas.

Ella ya se ha alejado de mí, caminando con paso firme en dirección a nuestro hotel.

—Sedona, ¡espera! Déjame explicártelo. —La persigo. Me detengo justo antes de alcanzarla porque estoy seguro de que me golpeará si le pongo una mano encima. Opto por igualar sus zancadas—. No sé por qué está aquí. No sabía que venía. Escúchame.

—No. —Se detiene y lanza una mano contra mi pecho, deteniéndome a mí también—. No tengo que escucharte. De hecho, no puedo. No lo haré. Oí lo que él quiere de mí. Me da igual que afirmes ser inocente en el pequeño plan sucio de tu consejo o no, eres parte de él. Y eso significa que estoy fuera. —Ella comienza a caminar de nuevo.

—*¡Joder!* —No puedo evitar maldecir en voz alta antes de coger mi ritmo a su lado—. Eso no es lo que...

Excepto que lo es. Ella lo vio claramente. No puedo rebatir su opinión sobre lo que está pasando.

—Sedona, no estoy aquí para dejarte embarazada. No te veo como un premio. Vine porque no podía quedarme lejos. Quería honrar tu solicitud de espacio, pero... simplemente no podía.

—Bueno, vas a tener que hacerlo —dice—. Porque hemos terminado.

Ha roto conmigo.

Sus palabras me llegan como un cuchillo directamente al intestino.

Ralentizo mis pasos y dejo que ella avance sin mí. No voy a tratar de convencerla de que esté conmigo porque así sigo faltando a sus deseos.

Ni siquiera mira hacia atrás y sigue marchando hacia el hotel. Mi pecho se siente como si hubiera sido aplastado por cien kilos de peso. Me sujeto contra el costado de un edificio, apenas capaz de arrastrar la respiración hacia los pulmones.

Tiene razón. Nuestros problemas son insuperables. Ella nunca podrá olvidar lo que el consejo le hizo y yo soy parte de ese horror. ¿Cómo podría haber esperado traerla de vuelta conmigo?

La idea es ridícula. Solo la arruinaría, como Monte Lobo arruinó a mi madre. Toda su luz se ahogaría, moriría un poco más cada día hasta que volverse loca, como mi madre.

Tal vez si tuviera otro plan para ofrecerle. Una manada diferente, otra opción. Tal vez si yo estuviera dispuesto a dejar mi manada, vivir con la suya. Pero no puedo abandonar la mía. Mi ausencia es parte de la razón por la que todo está fastidiado allí. La manada me necesita.

Si me importa Sedona, entonces lo único correcto es dejar que se vaya.

Incluso si significa que mi pecho se derrumbe.

~.~

Sedona

Siento que Carlos se queda atrás y me deja ir.

Sé que debería considerarlo un regalo, pero me hiere tanto como su engaño. Marcho hacia adelante rumbo al hotel, negándome a mirar atrás. No quiero ver su expresión. No quiero pensar en lo que está sintiendo ahora.

«¿Está embarazada ya?».

No puedo creer que su consejo esté aquí controlándonos todavía. ¿Han estado viendo todo? ¿Nuestra reunión en Tucson? ¿París? Los odio. Realmente lo hago. Los odio con una amargura que es tan profunda que podría ahogarme en ella.

Pero no. Esta ira es la otra cara de la moneda de ser una víctima. Lo cual había decidido no ser.

No me controlan. No van a darle forma a mi vida o a mi futuro. Especialmente no van a darle forma al futuro de mi cachorro.

Corro hasta nuestra habitación de hotel y tiro mis cosas en la maleta. Me voy a casa. Tal vez estoy corriendo asustada. Sí, lo estoy corriendo asustada. Pero tengo que considerar algo más que mi propia seguridad, la de mi bebé.

Y ver a ese miembro del consejo aquí me ha sentado mal. Cada vello de mis brazos se eriza mientras reproduzco la escena. Nos estaba vigilando.

Puede que haya creído que me escapé de ellos cuando salí de México, pero no fue así. Todavía están aquí conmigo.

Y todavía creen que soy su criadora.

Las lágrimas me desdibujan la visión mientras agarro mi maleta y salgo de la habitación del hotel. Una parte de mí espera que Carlos esté de pie fuera de la habitación, o abajo en el vestíbulo o en la acera fuera del hotel, pero no lo está. Nadie me detiene cuando tomo un taxi y pregunto por el aeropuerto.

Sé que hay una posibilidad de que no encuentre ningún vuelo a esta hora de la noche, pero me importa una *mierda*. Cada célula de mi cuerpo me grita que salga de aquí, a toda prisa. Necesito volver con mi familia. Con mi manada, que me protegerá.

No se puede confiar en Carlos. Ni siquiera sé si puedo creer algo que dijo, algo que pasó entre nosotros. Todo podría haber sido una confabulación para dejarme embarazada.

Ahora me alegro de no habérselo dicho.

Existe la posibilidad de que sea tan malvado como su consejo.

Ese pensamiento me duele más que cualquier otro. Creer que Carlos me engañó o jugó conmigo, que nunca le importé, hace que me tome el pecho para liberar el dolor abrasador.

Quiero creer que sus sentimientos eran reales. Pero no es suficiente. Puede tener una necesidad biológica de estar cerca de mí y protegerme porque me ha marcado, pero eso no significa que me ame. No significa que estemos bien preparados como compañeros.

Yo era vulnerable y me apoyaba demasiado en su atención, pero tengo que endurecerme ahora.

Por el bien de mi cachorro.

~.~

ANCIANO DEL CONSEJO

ABRO el pequeño frasco de sangre e inhalo profundamente.

Bien. La estadounidense está embarazada. Hice que algunos humanos se toparan con ella y le sacaran una muestra. No es suficiente para una prueba de laboratorio, pero puedo averiguar por el aroma que está embarazada.

Carlos ya no es necesario. Si nos da más problemas, lo mataremos más rápido de lo que puede quejarse y decirme «No me llames *mijo*».

Y ahora también tengo el ADN de su hembra. Perfecto para mis pruebas de manipulación genética. Pronto habré cosechado muestras de cada espécimen de cambiante en la Tierra. Suficiente para construir un estudio integral del ADN y determinar los factores que mejoran o limitan la capacidad de cambiar, sanar, reproducirse.

Lo que sucedió en mi manada nunca tendrá que volver a suceder, porque podré manipular los genes para crear súper lobos, uniendo no solo los mejores rasgos de los hombres lobo, sino también de otros cambiantes.

Camino a través del almacén con un portapapeles y hago coincidir cada especie con sus datos de muestra de sangre. Un tigre se lanza contra las barras de metal, gruñendo hacia mí mientras me pongo de pie frente a él.

—Este es hermoso. ¿Dónde lo encontraste? —pregunto a Aleix.

—Se lo compré a un iraní, pero viene de Turquía.

—¿Un tigre del Caspio? Un hallazgo muy raro. La contraparte animal está extinta. Buen trabajo. Pagaré un bono considerable por este.

—Cuento con ello. —Aleix dobla los brazos sobre su pecho. Él quiere que le pague ahora. Los he hecho a él y a su hermano Ferrán extremadamente ricos en los últimos diez años. No participan en ninguna de las cacerías de los cambiantes, solamente en la compra y el almacenaje, las muestras de sangre y los trabajos del laboratorio. Aleix es el hombre de negocios, Ferrán es el biocientífico.

Ellos no estarían en nada de esto, excepto porque les he prometido curar a su hermana de la enfermedad genética que hace que se muera lentamente. La verdad es que podría haberla curado hace años, pero sé que en cuanto lo haga, Aleix y Ferrán se retirarán, y son demasiado valiosos para mí. Mejor mantenerlos trabajando, buscando respuestas.

El Cosechador necesita a sus secuaces.

CAPÍTULO DOCE

Carlos

TREINTA Y CINCO horas desde que Sedona me dejó.

Cada minuto, cada hora, se siente como una eternidad. Cada respiración requiere esfuerzo para meterla dentro. Cada latido del corazón me golpea en el pecho.

Alquilo un coche para conducir desde el D.F. hasta Monte Lobo. Siempre siento una gran pesadez cuando vuelvo a mi casa, pero esta vez me es difícil incluso moverme. Esto debe de ser lo que se siente al tener cien años, el dolor de cada año presionando sobre los huesos. Excepto que en mi caso es el peso de cada minuto lejos de Sedona.

A cada minuto, mi mente gira en torno a nuestro último momento juntos. Odio que ella piense que podría ser parte de la obsesión idiota del consejo con mi futura descendencia. Odio saber que don Santiago volvió a desencadenar el trauma de su calvario.

Pero ahora sé con total certeza que es imposible que

estemos juntos. Nunca podré traerla de vuelta aquí. Todo lo que recordaría es el daño que le hicieron.

Un gruñido comienza en mi garganta. Debería haber matado a todos los miembros del consejo en el momento en que nos liberaron. ¿Soy tan cobarde como para no ser capaz de asesinar?

Me froto la cara, pero no hace nada para despejar las telarañas que cuelgan sobre mis ojos. Ojalá pudiera encontrar mi camino para salir de este legado de melancolía.

Juanito sale corriendo a buscarme; su rostro infantil brilla, aunque a veces se ve envejecido por todas las cargas que lleva.

—¡Don Carlos! —Derrapa hasta detenerse y alcanza con entusiasmo mi maleta. Le dejo tomarla, no porque sea un sirviente y crea que es su trabajo, sino porque negárselo le causaría decepción.

Le acaricio el pelo.

—¿Qué hay de nuevo, amigo mío?

El niño se encoge de hombros.

—Nada. ¿Trajiste a tu mujer de vuelta? Dijeron que lo harías.

El agujero en mi pecho se abre aún más.

—No. Ella no puede volver aquí. Nunca perdonaría al consejo por capturarla como prisionera.

Juanito me mira.

—¿Y tú podrías?

—No. —Pero realmente debería aclarar la situación de la hacienda, echar a todos los que roban, por lo menos. Pero no sé si tengo aliados aquí, aparte de mi amigo de nueve años.

Juanito asiente, como si esperara esa respuesta.

—Yo tampoco. —Él empuja la puerta de mi dormitorio y deja la maleta.

Suspiro y voy a ver a mi madre. Cuanto antes termine

esa visita, antes puedo salir y caminar por las tierras. Espero que las respuestas me lleguen de alguna manera.

Mañana rodarán cabezas. Aunque una de ellas acabe siendo la mía.

~.~

SEDONA

ERA MÁS fácil conseguir un vuelo a Phoenix que a Tucson, así que ahí es donde me dirijo. Y llamo a mi mamá para que me recoja del aeropuerto.

En el momento en que la veo, vuelvo a ser como una niña. Rompo a llorar y me lanzo a sus brazos mientras ella deja escapar una corriente de balbuceo de madre.

—Gracias a Dios, Sedona, he estado tan preocupada… ¿Estás bien? ¿Estás herida? ¿Qué te hicieron? Cuéntamelo todo.

Me alejo y me limpio las lágrimas con el reverso de la mano.

—Estoy marcada y embarazada. Pensé que podría estar enamorada, pero no va a funcionar. Así que estoy en casa.

—Seguro que es para bien. —Mi madre no puede ocultar su alegría. Por supuesto, le encantaría tener un cachorro alrededor para mimar.

—No lo sé, mamá. —Las lágrimas comienzan de nuevo—. No sé qué hacer.

Ella me acompaña al coche, donde mi padre está esperando junto a la acera. Sale y me da un abrazo de oso, y por una vez, no dice nada. Tal vez herí sus sentimientos al irme con Garrett después del incidente de México.

No, eso es estúpido. Mi padre no se lastima tan fácilmente. Probablemente esté tratando de darme espacio. Por primera vez.

Toma la maleta y la echa en el maletero.

—Sedona está embarazada —susurra mi madre mientras me subo al asiento trasero. Genial.

Mi padre sube y se mete en el tráfico.

—¿Estás bien, pequeña?

Trago y asiento:

—Sí.

—¿Te están persiguiendo a ti?

Un escalofrío me recorre el cuerpo. ¿Lo están? ¿Mandaron a Carlos a traerme de vuelta y, cuando falló, fueron ellos mismos? O de nuevo, ¿es Carlos realmente el cerebro detrás del proyecto *Embarazar a Sedona*?

No. Sé que no. Él no puede ser. Mis instintos no están tan apagados.

—No lo sé, papá —admito—. Tal vez. O lo harán cuando se enteren del cachorro.

—Te quedarás aquí, entonces. Donde puedo protegerte.

Me enfurezco a pesar de que sabía que eso es lo que él diría, y realmente necesito su protección. Es solo que él no pregunta, ordena.

—Garrett puede protegerme —digo obstinadamente, aunque no quiero regresar a Tucson. Ahora no, de todos modos. No hay nada para mí allí.

Pero tampoco tengo nada aquí.

Y Europa tenía mucho que ofrecer hasta que apareció Carlos.

Demonios. ¿Es esto lo que es tener el corazón roto? ¿La vida sin tu amante no es más que una mierda?

¿Desaparecerá alguna vez este sentimiento de pérdida y soledad? ¿Puedo encontrar significado de nuevo? Tal vez con nuestro hijo. Espero poder deshacerme de esta tristeza abrumadora antes de que él o la bebé venga.

Mi papá da un bufido. Espero seriamente que no esté insinuando que la razón por la que me secuestraron fue porque Garrett no hizo un trabajo lo suficientemente bueno. Arranca el coche y avanza con dificultad en el tráfico.

—Hemos estado investigando lo que ocurrió. Tu hermano mató a los hombres que te secuestraron, pero no eran los lobos a cargo. Hay alguien más poderoso. Nadie sabe su identidad, pero se llama el Cosechador. Él compra lobos y otros cambiantes también.

—¿Qué hace con ellos? —digo con voz ronca.

—No está claro. Ninguno de los desaparecidos ha regresado, excepto tú.

Algo se remueve en mi conciencia y me froto un punto en el brazo. Recuerdo la sangre allí después de chocar con el grupo de humanos en Las Ramblas. Me agarro el brazo y examino el área. Ahí no hay nada. ¿Por qué ese recuerdo emerge ahora?

«Mi sangre». ¿Alguien quería mi sangre? ¿Esa multitud de seres humanos empujando fue una excusa para extraer una muestra? Pero ¿por qué?

¡Oh! Para ver si estoy embarazada. ¿Pero era eso el consejo o el Cosechador? Probablemente el consejo.

—Creo que *están* detrás de mí, papá. —Mi voz suena tan ronca que no la reconozco.

—¿Quién? ¿Tu pareja o su manada? ¿O ambos?

—No lo sé. Su manada, creo. —El vientre se me retuerce. Me pongo una mano sobre el abdomen, enviando un mensaje secreto de seguridad a mi bebé.

«No dejaré que te rapten».

—Hay una cambiante en Flagstaff que creemos que podría ser de su manada. Una vieja loba. He pedido una reunión.

—¿Qué dijo?

—Estoy esperando saber de ellos. Me puse en contacto con su alfa. Espero que me responda hoy y pueda conducir para hablar con ella.

—Yo también quiero ir —digo.

Mi padre duda, me mira a través del espejo retrovisor y hace un solo guiño.

Me sorprende, estoy acostumbrada a que me mantenga fuera de la refriega. Las cosas están cambiando.

~.~

CARLOS

IRRUMPO en la oficina de don José. Volví hace un día y es hora de hacer algunos cambios por aquí.

—Según mis cálculos, sacamos cincuenta mil onzas de plata de esa mina cada año y, sin embargo, solo estamos vendiendo treinta. ¿A dónde va el resto?

La sorpresa desencaja la cara de don José, pero rápidamente la enmascara.

—Estamos vendiendo todo lo que sacamos. ¿Qué estás insinuando? ¿Que alguien nos está robando la mitad de nuestra plata? Imposible. —Se burla y agita su mano, como si quisiera alejarme—. Ven ahora, Carlos. Has estado de mal humor desde que regresaste sin tu hembra. Sé que ustedes culpan a don Santiago y al resto de nosotros por ese fracaso, pero ahora se están volviendo paranoicos.

Ignoro su intento de desviar la conversación y golpeo los viejos libros de contabilidad en el escritorio.

—Aquí están los informes de cada mina sobre su producción —digo y señalo varias columnas de números—. Estos no coinciden con los informes entregados por el equipo de Guillermo en la mina. —Pongo un sucio libro de registro de la mina en el escritorio.

Don José recoge el libro de la mina y escanea los números él mismo, luego los compara por mes con el libro de registro. Su frente se arruga.

—¿Quién introduce estos números? —Señalo el libro.

—Yo —dice—. Pero no uso estos registros de minas. Utilizo los informes generados por don Santiago.

Nuestros ojos se encuentran. «Santiago». Sé que ambos lo estamos pensando. Hijo de puta. Él debe de estar usando el dinero para cualquier proyecto de ciencia que tenga en marcha. Pero don José recompone su cara y dice:

—Don Santiago sabe lo que está pasando. Estoy seguro de que estos son números brutos y los que introduce son netos. Si hay alguna discrepancia, el consejo la revisará.

Me abalanzo hacia él, envolviendo su camisa en un puño debajo de su barbilla.

—¿Estás seguro? Estás seguro de muchas cosas, ¿no es así? ¿Estás seguro de por qué y cómo la riqueza de esta manada se ha agotado en los últimos cincuenta años, dejando a la mayoría de nuestra gente en la pobreza?

Él no lucha, probablemente porque yo ganaría una pelea física. Pero no me da la gratificación de ofuscarse y mantiene su comportamiento tranquilo y condescendiente.

—Estás desequilibrado, Carlos. Contente o tendremos que medicarte como a tu madre.

Golpeo su cabeza contra el escritorio, aplastándole la

nariz. Cuando lo levanto, la sangre se vierte sobre sus labios y por su barbilla. Llevo mi cara hasta la suya.

—Pruébalo —gruño—. Pruébalo o mataré hasta el último de ustedes, cabrones.

Don José suelta una risa forzada mientras busca a tientas un pañuelo en el bolsillo.

—Estás desquiciado, Carlos.

—¿Lo estoy, José? —Dejo caer el «don», porque no merece el respeto que implica—. Voy a seguir moviendo cosas hasta que descubra a dónde ha ido la mitad de la riqueza de nuestra montaña. Y es mejor que recen para que no vincule su desaparición al consejo.

Me doy vuelta para retirarme y don José se pellizca la nariz con el pañuelo.

Mi lucha por el control ha comenzado.

~.~

Carlos

Me dirijo a la mina para devolver el libro de registros. Me avergüenza no haber pasado mucho tiempo en las minas. No sé todo lo que sale de ella, ni los nombres y las caras de los hombres que trabajan allí. Encuentro a Guillermo, el capataz que me dio el libro de registros, trabajando justo al lado del resto.

La mina cuenta principalmente con plata y plomo, pero originalmente, cuando nuestros antepasados españoles se asentaron aquí, también extrajeron oro de ella.

Guillermo se endereza cuando aparezco. Es un lobo

enorme, con la cara prematuramente ajada por el trabajo duro. Me mira de arriba abajo deteniéndose en mis pantalones italianos finos. Me veo tan fuera de lugar aquí como una flor en una pila de mierda. Sus ojos aterrizan en mi cuello y quiero saber qué está mirando.

Venga, sí. Parte de la sangre de Don José me salpicó allí. No ofrezco ninguna explicación, no tengo que hacerlo, soy el alfa.

Sostengo el libro de registro.

—Traje los registros.

Guillermo los toma. Juro que veo la sospecha bajo su mirada neutral.

—¿Encuentras cualquier cosa... interesante?

Asiento.

No estoy seguro de cuánto compartir. No sé quién está trabajando para el ladrón o ladrones. No puedo decir si algún lobo aquí se pondría de mi lado cuando trate de derribarlo a él o a ellos. Mi conjetura es que el consejo está detrás, pero necesito más pruebas.

—Los números no coinciden con los informes del consejo. —Opto por decir la verdad y ver cómo las caras que me rodean la absorben.

Algunos parecen cautelosos, otros molestos. La mayoría mantiene sus rostros cuidadosamente en blanco, como si estuvieran acostumbrados a cubrir sus pensamientos.

Guillermo cruza los brazos sobre su enorme pecho.

—Mis números están bien.

—No tengo ninguna duda. Si alguien aquí estuvo robando plata de la manada, seguro que no lo reportarías en ese libro de registro.

—¿Robando a la manada o al consejo? —murmura uno de ellos. No puedo decir quién habló porque todos dejan caer los ojos, como si tuvieran miedo de que me ponga agresivo.

—El consejo no es dueño de la montaña, sino la manada. La riqueza que sale de estas minas debe ser para el beneficio de todos. —Ahora estoy haciendo campaña. Si voy a hacer cambios por aquí, necesitaré apoyo.

Ninguno de ellos muestra ninguna respuesta a mis palabras.

—¿Dónde está su mujer? —pregunta alguien hacia atrás.

La pregunta me asesta como un golpe en la tripa. Podría haber manejado cualquier consulta, estaba preparado para cualquier discusión, pero no para esta.

La manada quiere una alfa con una hembra. Necesitan saber que estoy preservando nuestra línea alfa. Es lo que me dijo el consejo, pero ahora estoy viendo lo mucho que les importa.

«¡Mierda!».

Un líder no culpa a los demás cuando se le encuentra una falta. No voy a acusar al consejo a pesar de que creo que su interferencia arruinó mis posibilidades con Sedona.

He estado todo el día tratando de no pensar en ella, pero ahora está aquí, justo en mi mente, recordando la forma en que la vi por última vez. Herida, enfadada y asustada. Su rostro pálido de furia, ojos azules parpadeando. *Mi* Sedona. Casi me doblo con el dolor que se apodera de mi intestino.

Me despejo la garganta.

—Estoy trabajando para encontrar pareja. Prometo que tomaré una pronto para continuar la línea de Montelobo.

Los lobos se desplazan sobre sus pies y el olor de la sospecha se hace más fuerte. Conocen una sucia mentira cuando escuchan una, supongo.

Les debo más crédito. A pesar del dolor en el pecho, lo intento de nuevo.

—Es posible que hayan escuchado que tomé una compañera en la última luna, y es cierto. Pero mi compañera fue traída aquí contra su voluntad, robada de su manada en Estados Unidos. Me niego a mantenerla prisionera aquí. La liberé.

Increíblemente, algunos de los lobos asienten, como si estuvieran de acuerdo con mi decisión. Tal vez todo lo que necesitan es que haya más comunicación para que entiendan las decisiones que su alfa está tomando. En lugar de dejar que la culpa por mi fracaso me arrastre tengo que ir hacia adelante, darles más.

—Sé que he sido un pobre alfa para ustedes. He estado fuera mientras las condiciones aquí empeoraron. Pero ahora estoy de vuelta. Estoy listo para dedicarme a mejorar Monte Lobo por el bien de todos, no solo de los que viven en la hacienda. —Agito con una mano el libro de registros—. Estoy empezando con las finanzas. Algunas cosas no cuadran, pero voy a rastrear a dónde va nuestro dinero. Nuestra manada debería tener una mayor riqueza para hacer mejoras aquí. Fontanería y electricidad para todos, eso para empezar.

Una vez más, percibo sospecha. O tal vez sea escepticismo. ¿Cómo puedo culparlos? No me he probado como un alfa.

Lo intento por última vez.

—Mi puerta está abierta. Si tienen algo que informar o solicitar, visítenme en la hacienda. Quiero saber de ustedes.

Unos cuantos hombres asienten.

Inclino ligeramente la cabeza y me doy la vuelta para salir de la mina, con el peso de al menos veinte pares de ojos sobre mí.

—¡*Señor!* —alguien llama mientras me alejo hacia el sol. Me protejo los ojos, parpadeando hasta que descubro un cara desgastada. Es Marisol, la esposa del viejo granjero Paco.

—Don Carlos, bienvenido a casa. —Ella se inclina haciendo una reverencia.

—*Señora* —la saludo. Al menos alguien se alegra de verme.

Ella se acerca.

—Mi marido me dice que no me moleste, pero... —Ella se aleja, mordiéndose el labio.

—Tú eres una de mi manada. Siempre eres bienvenida a acercarte a mí.

La loba mayor me estudia. Alcanzo a notar el tufillo de sus emociones, preocupación, resignación, algo más que nerviosismo. ¿Terror?

—No tienes nada que temer de mí —enfatizo.

Tu padre era un buen lobo —susurra—. Quería lo mejor para la manada. Y tú eres como él. Lo vemos en ti.

No esperaba esto, así que me quedo callado.

Ella deja caer su mirada, los hombros encorvados en la sumisión.

—No quiero cometer ninguna falta de respeto, alfa.

—Marisol. —Le toco el hombro—. Le agradezco que haya hablado. Espero honrar la memoria de mi padre. —Busco las palabras—. También quiero lo mejor para la manada. No para unos pocos lobos, sino para todos. Prometo que trabajaré duro para ser el alfa que se merecen. —Me inclino cerca—. Las cosas van a cambiar por aquí. Para bien. Le guste o no al consejo. Un día, la manada podría reunirse detrás de mí. Hasta entonces, trabajaré para ganarme su confianza.

La esperanza en la cara de Marisol me dice que ese día podría llegar pronto.

—Dios lo bendiga, don Carlos —susurra, dejando caer otra reverencia. La dejo irse.

Sentí cada palabra que dije. Ahora todo lo que puedo hacer es cumplir mis promesas.

Incluso si no tengo la motivación de hacer las cosas perfectas para Sedona.

Incluso si no estoy seguro de cómo mi corazón seguirá latiendo sin ella.

Me lanzaré a mi trabajo y haré una diferencia para mi manada. Y algún día, tal vez, pueda intentarlo de nuevo con mi encantadora pareja.

CAPÍTULO TRECE

Sedona

MI PADRE y yo conducimos dos horas hasta Flagstaff para visitar a Rosa, la cambiante

de México. Jugueteo con la radio, pero cada estación me da dolor de cabeza. Durante cuatro días he vivido en medio del estupor. El embarazo me cansa —duermo quince horas por noche— pero parte de la fatiga debe de ser depresión.

Veo las miradas preocupadas que mis padres intercambian cuando piensan que no los estoy mirando. Todo el mundo me trata como si estuviera hecha de cristal. Es exactamente lo que no quería cuando regresé por primera vez de México. ¡Qué mala suerte! Ahora me siento aún peor

que entonces.

Antes estaba confundida. Ahora, destrozada. Carlos me arruinó para todos los demás hombres. Me arruinó para el amor. En serio, no veo ninguna luz en mi futuro.

No, eso no es cierto. Estoy esperando a este bebé. Al menos eso me da un propósito en la vida.

Nos detenemos en una diminuta cabaña en el bosque. Es un lindo domicilio para un lobo, Flagstaff es un pequeño pueblo rodeado de montañas y bosques.

Una mujer latina baja y robusta sale al porche de madera, limpiándose las manos en un paño de cocina. Ella me ve salir del coche con la mirada fija.

Mi padre se acerca y le estrecha la mano. Por alguna razón, mi corazón está latiendo más deprisa dc lo normal. Ella es una pequeña porción de Carlos, alguien de su manada.

Sigo a mi padre subiendo los escalones hacia la minúscula cabaña. Ella nos hace un gesto con la mano para invitarnos a tomar asiento alrededor de su mesa redonda de la cocina, que está enclavada en una esquina debajo de una gran ventana. Su patio trasero tiene unos pinos y una casa para perros. El perro labrador negro está sentado justo debajo de la ventana, educadamente, con las orejas bajas y meneando la cola.

Ella vierte café y trae una botella de leche a la mesa junto con un tazón de azúcar. Pongo dos cucharadas de azúcar en mi café y echo suficiente leche para clarearlo.

—Entonces —dice Rosa, sentada con nosotros por fin—. ¿Cómo puedo ayudarte?

—Como dije por teléfono, mi hija fue tomada por la manada de Monte Lobo. La tenemos de vuelta, pero queremos saber todo lo que nos puede decir sobre ellos.

—¿Te llevaron para su alfa? ¿Como premio?

—Sí —me despejo la garganta—. Para Carlos.

—Carlos, sí. Lo recuerdo, por supuesto.

Ella no sigue hablando, pero mi padre y yo esperamos, dándole tiempo.

—Empezaré diciéndoles por qué me fui. Debes de haber visto la disparidad entre ricos y pobres.

Asiento.

—Nosotros éramos de los pobres. Mi padre trabajaba en las minas y mi madre en la agricultura. Era una vida lo suficientemente buena, yo no conocía nada diferente. Me apareé joven, seguí los pasos de mis padres… Me costó mucho mantener un embarazo. Solo conseguí dar a luz a un cachorro, y aunque era perfecto para mí, cuando llegó a la pubertad descubrimos que no podía cambiar. Les sucedió a muchos cachorros en esa generación, demasiada endogamia, ahora lo sé. Todos estábamos relacionados en esa manada. Don Santiago, uno de los consejeros, me lo quitó. Dijo que podía mejorarlo. Lo llevó a la Ciudad de México pero nunca lo trajo de vuelta.

Sus ojos se llenan de lágrimas.

—Dijo que no sobrevivió al procedimiento. Cuando mi esposo se reveló fue aplastado en un accidente minero.

Mi padre se inclina hacia adelante.

—¿Estás dando a entender que no fue un accidente?

Se encoge de hombros.

—Cualquier miembro de la manada que liderara protestas desaparecía en las minas. Era una manera fácil de deshacerse de los alborotadores.

Suena un gruñido en la habitación. Al principio creo que debe ser mi papá, luego me doy cuenta de que viene de mí.

—Hay alfas que gobiernan sus manadas con puño de hierro, que castigan a sus miembros de la manada, y hasta incluyen la muerte como castigo. Como lobos, seguimos, obedecemos. Está en nuestra naturaleza. Pero nada de ese consejo es natural.

Los vellos de mis brazos se crispan. Vuelvo a gruñir.

—Muertes furtivas y silenciosas mantienen a la manada asustada y callada. Los espías del consejo están en todas partes. Nadie habla por temor a ser los próximos en caer. Pero después de que mi esposo murió, supe que tenía que irme. Mi hermana, Marisol, me ayudó a escapar. Ella no dejaría a su esposo, pero me dijo que saliera mientras yo todavía pudiera.

—¿Qué pasa con el alfa? —pregunta mi padre—. ¿No podías ir a él en busca de ayuda?

—Lo mataron.

Mi boca se abre. Carlos no me lo había dicho. ¿Lo sabía?

—Si no pueden controlar a un alfa, muere. Todo lo que les importa es mantener la línea de sangre alfa pura. No les importa tener un alfa para gobernar. Tu Carlos ahora está en peligro.

—¿Ahora?

Ella asiente con ojos embrujados.

—Ahora que estás embarazada no lo necesitan.

~.~

MIS PIERNAS ESTÁN débiles cuando volvemos al coche. Sabía que la manada de Carlos estaba en serios problemas, pero nunca consideré que él pudiera estar en peligro.

Pero debería haberlo hecho. Tenían tan poco respeto por él que lo enjaularon en una celda conmigo. Su propio alfa. Mi pareja está en peligro. El padre de mi cachorro.

Me tiemblan las manos mientras saco mi teléfono.

—¿A quién estás llamando? —dice mi papá mirándome con preocupación.

—A Garrett.

—¿Por qué?

Agito la cabeza con impaciencia y marco el número.

—Hola, hermana. ¿Todo bien?

—Sí. No, en realidad no. Oye, ¿podrías enviarme un mensaje de texto con el número de teléfono de Amber?

Prácticamente puedo oír a mi hermano rechinar los dientes.

—¿Me vas a decir de qué se trata esto?

—Solo quiero verificar la información que papá y yo obtuvimos de una cambiante en Flagstaff. Ella es de la manada de Carlos.

—Está bien. Pero solo sé que Amber aún no se siente del todo cómoda con su don, y no le gusta que la fuercen a usarlo.

—¿No es eso lo que hiciste con ella para encontrarme?

—Sí, cabecita inteligente, lo es. Olvídalo. Ambas sois adultas, podéis resolverlo entre las dos.

—Gracias.

—Déjame saber cómo puedo ayudar, ¿de acuerdo, hermanita?

—Sí.

—¿Vuelves a tu apartamento aquí? Tenemos toda tus cosas de la mudanza.

Miro a mi padre, que frunce el ceño en la carretera. Por supuesto que ha escuchado cada palabra.

—Tal vez. No sé. Tengo mucho que averiguar.

—Lo sé. —Su voz es suave y llena conmiseración, algo que no quiero, así que cuelgo rápidamente.

Cuando me envía un mensaje de texto con el número lo marco de inmediato. Amber responde con su voz profesional:

—Amber Drake al habla.

—Hola Amber, soy Sedona.

—Hola Sedona. ¿Qué pasa?

—¿Puedo hacerte una pregunta? ¿Un sí o un no?

Amber está en silencio un momento, y estoy segura de que está pensando en cómo decirme educadamente que deje de usarla de esta manera, pero en cambio dice:

—Puedo intentarlo.

—¿Está Carlos en peligro?

Ella está tranquila por un momento, luego escucho ansiedad en su respiración.

—Está en peligro mortal —se atraganta.

—Joder —murmuro—. Gracias. Muchas gracias. Te lo agradezco.

Mi papá frunce el ceño.

—Sabía que debería haber destrozado esa manada el día que te recogimos.

—No, papá —le digo—, porque también habrías derribado a Carlos. Y nada de esto es su culpa.

Las cejas de mi papá se unen y él dice:

—Volveremos. Sacaré solo al consejo. Entonces serás libre de tomar la decisión correcta sobre Carlos. No quiero que tus decisiones se nublen por el miedo a tu seguridad o a la de tu cachorro o incluso al padre del cachorro.

Asiento en silencio. Esta es la razón por la que amo a mi padre. Es tan controlador que puede encargarse de cualquier cosas.

Carlos también haría esto por nuestra hija. Por alguna razón, de repente estoy segura de que nuestra cachorra es una niña. La visión de Carlos de la manada se ha visto oscurecida por las mentiras del consejo. Si supiera que mataron a su padre, no puedo imaginar que no tomaría medidas rápidas. No es un cobarde, no mi Carlos. Solo le preocupa hacer lo correcto para su manada.

Y para mí. Me doy cuenta con total claridad de la razón por la que me dejó ir. No es por falta de cuidado. Es porque le importo lo suficiente. Las dos veces que me he ido no me retuvo, porque él nunca me retendría en contra de mi voluntad.

Las lágrimas se escapan de mis ojos, pero a diferencia de las de los últimos días, estas no están llenas de autocompasión. Mi pecho está lleno de amor. Amor por mi pareja, por Carlos.

Y ahora está en peligro.

Sí, creo que mi padre puede ocuparse del consejo, pero quiero estar allí primero. Para decirle a Carlos lo que sé y ayudarlo a resolver las cosas antes de que mi padre vaya con las armas. No puedo decírselo a mi padre, porque nunca lo permitiría.

Esta noche, tan pronto como regrese a Phoenix, encontraré un vuelo.

CAPÍTULO CATORCE

Carlos

—CARLOS, me lo quitaron —llora mi madre—. Estoy en su habitación y ella está caminando hacia adelante y hacia atrás frente a la ventana, deteniéndose de vez en cuando para mirar hacia afuera.

—No, estoy aquí, mamá. —Pongo mis manos sobre sus hombros y trato de atrapar su mirada.

—A tu padre —susurra—. Se llevaron a tu padre.

—Papi está muerto, ¿recuerdas? Fue un accidente en la mina.

Ella sacude la cabeza rápidamente.

—No, no es casualidad. Se lo llevaron.

Suspiro y miro a María José, torciendo sus manos en la esquina.

—¿Deberíamos sedarla?

Por un segundo, vislumbro el juicio en la expresión de María José y me sorprende. Luego recuerdo lo que me dijo la última vez.

—Crees que las drogas la empeoran. Todavía no lo he corroborado. —Me arrastro los dedos por el cabello—. Lo siento. La llevaré a la ciudad mañana. La ausencia de don Santiago hace que sea más fácil obtener una segunda opinión.

Los ojos de María José se ensanchan y ella da un paso al frente.

—Sí, sí, don Carlos. Eso sería bueno. Llévatela de aquí. Ella no está a salvo.

Deja de hablar y capto horror en su cara antes de que se aleje.

Mis instintos se agudizan, mi visión se estrecha como si estuviera a punto de transformarme en lobo. Me obligo a permanecer gentil mientras voy hacia ella y la tomo por los hombros para darle la vuelta.

—¿Qué quieres decir con que ella no está a salvo?

María José sacude la cabeza rápidamente.

—Nada, señor. Nada.

La aprieto con mis manos.

—No mientas. *Nunca* me mientas —gruño. Cuando veo su angustia me obligo a soltarla para que respire. No voy a llegar a ninguna parte con la violencia—. María José, estamos hablando de mi madre. Necesito saber a qué te referías.

—Las drogas. —Ella se retuerce las manos de nuevo—. ¿Qué pasa si las drogas la vuelven loca y no al revés?

Miro a mi madre, de pie en su camisón floral blanco y rosa y su abrigo amarillo, mirándonos con incertidumbre. Ha pasado mucho tiempo desde que no ha sido normal, pero ahora vislumbro cómo era antes.

—Piénsalo, ¿cuándo empezó la locura? —María José susurra.

—Después de que mi padre murió. Ella estaba de

duelo. —Me descompongo cuando María José da un ligero movimiento de su cabeza.

—Piensa en lo que dice sobre la muerte de tu padre.

«Me lo quitaron».

Me golpea como una bala en la cabeza.

—La están manteniendo en silencio.

María José da un paso atrás, como si no creyera lo que ha hecho.

Me acerco hasta el aparador donde se apilan sus medicinas y las tiro todas al suelo.

—Deshazte de esto. No más medicinas hasta que la hayan revisado. Y no la dejes sola ni un segundo. ¿Alguien más que don Santiago alguna vez la inyecta?

María José sacude la cabeza.

—Bien. No quiero que nadie se acerque a ella. Nadie más que tú, ¿entiendes?

—Sí, don Carlos. —Ella mueve la cabeza con aprobación.

Miro hacia atrás a mi madre. Parece casi lúcida, como si entendiera lo que estamos diciendo y apunta con una mano temblorosa al suelo junto a su cama.

—¿Qué ocurre, mamá?

Sus temblores en las manos similares a los del Parkinson me rompen el corazón. Un efecto secundario de las drogas.

Mi madre se apresura y cae de rodillas en el suelo.

Carajo. Más locura.

—Mamá, levántate. Todo está... —Me detengo cuando veo que está haciendo palanca en una de las tablas del piso.

—¿Qué hay ahí, mamá? —Miro a María José, que sacude la cabeza.

Levantando amablemente a mi madre para sentarla en

la cama, saco la tabla y miro debajo. Hay cientos de píldoras en un arco iris de colores y diferentes tamaños. Pero debajo hay un diario. Lo recuerdo de cuando era un niño. Mi mamá solía escribir poesías en él y me las leía. ¿Es este un momento de nostalgia o me está mostrando algo significativo?

La miro por encima del hombro, pero su expresión es simple y vacía.

Saco el diario, sacudiendo las pastillas, y lo meto en el bolsillo. No sé si mi madre está tratando de decirme algo o si esto es más de su locura, pero lo llevaré conmigo para su custodia.

Me inclino y beso a mi mamá en la parte superior de la cabeza; y asiento a María José.

—Empaca un bolso para ustedes dos. Saldremos por la mañana.

Cuando veo a María José dudar, supongo que por miedo, agrego:

—Llevaremos a Juanito también. Los mantendré a salvo, lo prometo.

Ella se relaja y se sumerge en un gesto de cortesía.

—Gracias, señor.

~.~

Sedona

POR ALGÚN MILAGRO, encuentro un vuelo a la Ciudad de México que sale por la noche y llamo a un Uber para que me recoja a una cuadra de la casa de mis padres. Lo último que quiero hacer es meter a algún miembro de la manada en problemas por llevarme al aeropuerto y sé que mi padre nunca me dejaría salir. Salgo de la casa con nada más que una mochila, porque una maleta podría indicarle a mi familia que voy a algún lugar.

Sé que estarán preparándose para ir, lo cual está bien. Solo quiero llegar allí primero.

Subo al avión, fuerte, con determinación. No permitiré que nadie le quite el padre a mi cachorra. Es curioso cómo las cosas se vuelven cristalinas cuando puedes perderlo todo.

No voy a perder a Carlos. Él es *mío*. Mi compañero. El padre de mi cachorra. Tiene un corazón enorme, se preocupa profundamente por su madre, por el niño que me liberó, por su manada.

Por mí.

Ahora es obvio lo mucho que me respeta. Él adoraba mi cuerpo, me dominaba, pero aún así me dejó ir. No estoy dispuesta a vivir sin él.

No sé cómo haremos que funcione, pero lo resolveremos. Si el consejo quedase eliminado de la escena, mi trauma y resentimientos de cautiverio podrían olvidarse. Estaría dispuesta a ayudar a Carlos a hacer los cambios que imagina para su manada. Si trabajáramos juntos, no me cabe duda de que podríamos hacer grandes cosas allí.

Tal como mi hermano hizo en Tucson, con solo un pequeño capital de inicio y una escueta manada de hombres jóvenes. Ahora tiene un próspero negocio de bienes raíces, un club nocturno y una manada fuerte y leal, dispuesta a hacer cualquier cosa por él. Y una compañera. Tener Amber cambiará las cosas aún más, no puedo esperar a ver cómo. Tal vez conciban un primo para nuestra cachorra.

Pero me estoy adelantando mucho de momento. Primero tengo que salvar a Carlos.

El resto, lo averiguaremos.

~.~

CARLOS

ME DESPIERTO con la cabeza en el escritorio, con la babas que me corre por la barbilla. Debo de haberme quedado dormido revisando los libros. Pasé la noche navegando por más registros financieros, siguiendo los rastros del dinero. Como don Santiago era el único miembro experto en tecnología del consejo, ha manejado las cuentas en línea. Él parece ser el que roba de la manada. Si es con la complicidad del consejo o no, no puedo estar seguro.

Juro que, por un momento, vi sorpresa en los ojos de don José cuando le conté lo que había encontrado, pero rápidamente lo cubrió. Eso fue lo que me cabreó: el consejo siempre opera solo, sin involucrarme en discusiones o decisiones. Sé que no es así como debería ser.

Mi padre era miembro del consejo. Recuerdo que se encerraba en la sala de conferencias durante largas horas, salía con la cara demacrada, enfadado y estresado por cualquier discusión que hubieran tenido.

Ni siquiera me han invitado a este tipo de reuniones. Estoy listo para disolver a todo el *puto* consejo. Si pensara que tendría el apoyo de la manada, lo haría hoy. En este minuto. Antes de conducir a mi mamá hasta el D.F.

Eso me recuerda que nunca miré su diario. Lo saco de mi bolsillo y hojeo las páginas. Es lo que recordaba: poesía, citas. Fragmentos de la belleza que a mi madre le gustaba compartir conmigo.

Paso con el pulgar las páginas hacia la parte posterior del diario. ¿Seguía escribiendo en el diario? No pensaba que fuese capaz con sus manos temblorosas y su cerebro bloqueado. No. Las últimas entradas están fechadas hace quince años.

Que sería alrededor de la época de la muerte de mi padre. Me detengo y leo. Su escritura es más desordenada, como si escribiera a toda prisa, o bajo coacción. La tinta de las últimas páginas está manchada de lágrimas.

Mi COMPAÑERO, *mi Carlos desapareció hoy. ¿Cómo seguiré sin él? ¿Cómo puede ser esto? Sé quién lo mató. Es tan claro para mí como la luz del día.*

Anoche llegó tarde tras una discusión con el consejo. Cuando regresó, me dijo que se apoderaron del control de todos los activos monetarios, me dijo que ya no se le permitiría tomar decisiones financieras para la manada. Estaba furioso. Caminó por el dormitorio toda la noche y se fue temprano esta mañana, pero nunca regresó.

Don José dice que hubo un accidente en la mina, pero sé que es mentira. Lo mataron, al igual que matan a todos los que se enfrentan a ellos. Todo el mundo sabe que hay un montón de cuerpos en esa mina. Cada joven que podría ser una amenaza física. Todo lobo que disiente en cualquier punto. Cualquier hombre o mujer que no esté de su lado en el juego.

Todo el mundo vive con miedo aquí. Solo tengo una opción: sacar a Carlitos de aquí antes de que se convierta en su próxima víctima. Ojalá supiera en quién confiar.

EL HIELO corre por mis venas mientras leo.

«El consejo mató a mi padre». Siempre pensé que

había sido un accidente en la mina. Como tantos otros. Pero mi madre sospechó que ninguno de ellos fueron accidentes.

¿Son simplemente los delirios de una loca? No lo parecen. Es totalmente coherente y lógico. Debieron de haberle ofrecido las primeras drogas para calmarla y aliviar su duelo, pero luego la mantuvieron en silencio todos estos años.

Pero ¿por qué no matarla? ¿No sería más fácil que mantenerla cerca? Tal vez temían que despertara demasiadas sospechas.

Me pongo de pie de un salto y voy a la habitación de mi madre. El miedo por su seguridad de repente se clava en mí.

Me parece que María José la tiene vestida, con su bolso armado y lista.

—Ella ya ha desayunado, estamos listas para salir en cualquier momento.

—¿Cuándo empezaron a drogarla? ¿Inmediatamente después de que mi padre muriera?

Los ojos de María José chispean en modo de reconocimiento. Sabe lo que yo sé y asiente.

—Y mi madre sospechaba que mataron a mi padre. ¿Sabías eso?

Una vez más, ella asiente.

—¿Así que la han silenciado con drogas que la enloquecieron?

—Me temo que es así, don Carlos.

—Espera aquí. Cierra la puerta con llave. No permitas que nadie entre más que yo. ¿Entiendes?

Ella mueve la cabeza.

—Sí, señor.

Bajo dando fuertes pisotones en los escalones de

mármol blanco y encuentro a don José desayunando con don Mateo en la terraza superior.

Su nariz rota ya se ha sanado, lo que me hace querer romperla de nuevo. Agarro a Mateo esta vez.

—¿Qué le pasó a mi padre? Quiero la verdad.

—Un pozo de la mina se derrumbó. Ya lo sabes. —Mateo mantiene la mirada baja, no me tira con la *mierda* condescendiente como José.

Mi lobo está cerca de la superficie, listo para salir y matar todas las amenazas. Lo agito.

—Mierda. Lo mataron. ¿Cómo lo planearon?

Los sirvientes se reúnen en la puerta para observar. Por el rabillo del ojo, veo a Juanito en las sombras. Mi necesidad de protegerlo me pone más rudo con Mateo.

—Mi madre lo sabía y empezaron a drogarla. Las drogas la vuelven loca, no al revés.

—Cálmate, Carlos —me aplaca José—. Tu madre no está bien, y tú tampoco. —Su teléfono zumba, lo saca y mira la pantalla—. Tenemos un problema de seguridad en la puerta.

Eso probablemente sea una mentira, pero me retiro, porque me doy cuenta de que estoy entrando directamente en el juego de don José para hacerme parecer loco. No tengo más pruebas que el diario de una mujer delirante. De lo que sí tengo pruebas es de las fechorías financieras.

Suelto a Mateo y me enderezo la chaqueta. Los sirvientes se han reunido para ver los procedimientos, junto con algunos miembros de la manada. Veo a Marisol por el rabillo del ojo y parece estar enviando a su marido Paco, posiblemente para reunir a otros.

Tengo una audiencia ahora, es hora de hacer una declaración.

—Me voy a hacer cargo de las finanzas de esta manada. Alguien ha desviado la mitad de las ganancias de la mina que se remontan al menos diez años atrás y voy a averiguar quién. Cualquier persona que jugó un papel en el robo o en el encubrimiento será castigada. Severamente.

Eso causa un gran revuelo entre los sirvientes. Mateo se ha puesto pálido. Pasemos ahora al tiro de gracia.

—También disuelvo el consejo. —Mi voz elevada llega más allá de la terraza, hacia las tierras.

Los jadeos y murmullos audibles circulan. Los lobos han aparecido por todas partes, escuchando por las ventanas, acercándose a los jardines y campos. Veo a Paco apresurándose, seguido por Guillermo y sus hombres de la mina. Son los lobos más fuertes. Si hay una pelea, ellos serán los que la ganen. Ojalá supiera de qué lado están.

—Esto sucedió bajo la supervisión del consejo. Nuestra manada se vuelve más pobre, más enferma. Débil. No se puede confiar en que van a proteger el mejor interés de los lobos aquí. Como alfa, ese es mi trabajo, y es uno que acepto. La ayuda del consejo para liderar la manada ya no es deseada, ni aceptada.

El sonido de un vehículo que sube por la carretera a la ciudadela retumba.

José da una risa fuerte y falsa.

—Chico, si crees que esta manada alguna vez te daría el control a ti, un joven sin experiencia para liderarla, estás tan desquiciado como tu madre. Puede que tengas sangre alfa, pero no tienes lo que se necesita para tomar las decisiones difíciles.

Los otros dos consejeros llegan caminando rápidamente, enderezándose las corbatas y chaquetas.

—¿Qué es todo esto? —don Julio pregunta.

—El consejo se ha disuelto. Cualquiera que cuestione mi autoridad será desterrado. ¿Es eso lo suficientemente claro? —grito, asegurándome de que todos puedan oír—.

¿Quién es el primero? —Hago un movimiento con la mano y un barrido con la mirada para abarcar a cada lobo alrededor. Estoy listo para luchar, en forma humana o de lobo.

—¡El chico se ha vuelto loco! —don José proclama en voz alta—. Es peligroso. agárrenlo y pónganlo en las mazmorras.

Tres de los sirvientes lacayos del consejo se desnudan para cambiar. Los cuatro miembros del consejo avanzan sobre mí. Yo solo podría vencer a cualquiera de ellos. Probablemente hasta los siete. Pero ¿se quedarán los demás a mirar? ¿O se unirán?

Por el rabillo del ojo, veo a Guillermo quitándose las botas, preparándose para pelear. Supongo que averiguaré qué lado ha elegido. Gruñendo, me desgarro la camisa y me bajo los pantalones, cambiando en el momento en que mi ropa se cae.

Los gruñidos entran en erupción por todas partes. Salto, sin esperar a que los ancianos se despojen y cambien. Sin esperar a que la manada elija bandos. La campana de advertencia suena, llamando a todos a unirse a la lucha cuerpo a cuerpo.

Derribo a uno de los lacayos del consejo y golpeo su cuerpo que sale volando contra otro. Lo desgarro profundamente en el hombro. Rodamos en el suelo, pero él no da el quejido sumiso para reconocer la derrota. Lo mataré, pues. Me desencajo las mandíbulas y le hundo los dientes en la garganta. Otros dos lobos me atacan desde ambos lados, pero el lobo de Guillermo derriba a uno de ellos, rompiéndole el cuello con un crujido de hueso. Yo desgarro la carne del tercer lobo.

En un rápido movimiento, cada miembro de la manada se prepara para cambiar. Sin perder tiempo, me pongo de pie y me abro paso por los ancianos del consejo, que parecen pensar que están exentos de la lucha. Me lanzo al aire por don Mateo.

Los disparos suenan y me golpean el pecho. Demasiado tarde, veo el arma en la mano de Mateo. Mi cuerpo se retuerce en el aire. Pierdo el aliento y mi soporte y aterrizo en el suelo. Los gruñidos y los sonidos de una pelea de lobos colman el aire.

Antes de que mi visión se despeje, me levanto de nuevo, gruñendo, esperando plenamente el ataque de los lobos que se acercan desde todas las direcciones. Una visión borrosa de piel blanca parpadea frente a mí. Me abalanzo por instinto, luego lloriqueo y me giro tan rápido que derrapo en la sangre que se acumula en el mármol.

«Sedona».

De alguna manera, mi loba blanca está aquí, con sus colmillos afilados y las patas plantadas frente a mí.

No, no puede ser. Esto es una alucinación. ¿Morí por las heridas de bala?

Vuelvo a ponerme de pie, mi visión se emborrona. Un círculo apretado de piel y patas se cierra a nuestro alrededor. —¿Puede ser cierto?—. Los lobos están mirando hacia afuera, lejos de nosotros. Protegen a su alfa y a su pareja. A su compañera embarazada.

Me arremolino con una furiosa necesidad de protegerla cuando me doy cuenta del cambio en el aroma de Sedona. Giro en círculo, comprobando por todas partes si hay peligro, pero estamos completamente protegidos. Ella gruñe a mi lado, *jodidamente* magnífica. Más grande y sana que cualquier lobo aquí.

Los sonidos feroces de los lobos luchando hasta la muerte llegan a mis oídos, pero no puedo ver sobre la pared que forman los lobos que nos custodian. Va en contra de mi naturaleza dejar que otros luchen por mí. Mordisqueo los flancos de mis guardias para pasar y ellos, a regañadientes, se echan hacia atrás, exhibiendo sus vientres mientras paso para mostrar deferencia.

Los lobos y los miembros que no pueden cambiar están unidos en la terraza. Cada miembro de la manada debe de estar aquí. Las minas y los campos están vacíos. Los cadáveres se esparcen por el suelo. Uno, dos, tres... Nueve. Todos los miembros del consejo, menos don Santiago, que no ha vuelto de Europa. Algunos de sus lacayos y guardias más cercanos. Otros están siendo ahuyentados por pequeñas manadas.

Mi cuerpo es débil, pero tengo cuidado de no mostrarlo. Me siento sobre mi cola y aúllo. Las voces se elevan a mi alrededor, apareándose con la mía, respondiendo a mi llamada. La gratitud fluye de mi ser a medida que el sentido de unidad, de manada, de familia nos une a todos.

Me doy la vuelta y cojeo de vuelta a Sedona, que todavía está tratando de abrirse camino fuera del anillo protector de los lobos. Cuando me ven llegar, se vuelven y muestran sus vientres en señal de sumisión. Sedona sale corriendo y se encuentra conmigo a mitad de camino. Nos lamemos y nos rodeamos los unos a los otros, y cada lobo se postra ante nosotros, honrándonos.

Somos sus alfas.

Si pudiera convencer a Sedona de quedarse…

CAPÍTULO QUINCE

Sedona

Juanito se lleva las toallas ensangrentadas y extiende una manta sobre Carlos. Me acuesto en la cama con él porque es la única manera con la que puedo conseguir que se quede acostado. Él se niega a separarse de mí, no me quita los ojos ni un segundo.

Estiro la manta más arriba sobre su cuerpo mayormente desnudo. Se puso calzoncillos en deferencia a su madre, que insistió en limpiarle la sangre. Ella me pareció lúcida, aunque balbuceó mucho sobre una pelea de lobos que, creo, ocurrió en el pasado.

Carlos se acerca a mí, y yo me acurruco más cerca para que no tenga que moverse.

—Simplemente acuéstate, quieto, y deja que tu cuerpo se encargue de curar las heridas de bala —le reprendo.

Los cambiantes tienen capacidades curativas increíbles, pero en un caso tan grave como el de Carlos, con una importante pérdida de sangre, se necesitan unos días de descanso. O al menos, una noche.

Estamos nariz con nariz y él me acaricia el pelo hacia atrás de mi cara, apoyando su frente contra la mía.

—Mi corazón, temía que nunca volvería a estar tan cerca de ti, nunca más. ¿Qué te hizo venir aquí? —Él me acaricia la cadera—. ¿Viniste a hablarme de nuestro cachorro?

Agito la cabeza, experimentando una punzada de culpa por habérselo ocultado todo el tiempo que estuvimos en Europa.

—Carlos… —Me detengo, sin saber cómo decirle lo que descubrí.

Se endurece, como si pensara que estoy rompiendo con él, otra vez.

—Conocí a una cambiante de tu manada. Me dijo que el consejo mató a tu padre. —Lo digo rápidamente para que no tenga que sufrir ningún suspenso.

Él asiente gravemente.

—¿Lo sabías?

—No, pero anoche descubrí que es lo que pensaba mi madre. Ahora creo que el consejo la drogó para mantenerla callada. Planeé llevarla a la ciudad hoy para ver a un psiquiatra humano. No sé cuánto daño permanente le han hecho, pero espero que haya una posibilidad de que sus facultades mentales puedan recuperarse

—¿Fueron asesinados todos los consejeros hoy?

—Todos menos uno, don Santiago, a quien vimos en Barcelona. Todavía está lejos, pero trataré con él cuando regrese. Él es el que ha estado robando a la manada.

Froto el lugar donde me pincharon el brazo.

—Creo que me sacó sangre allí.

—¿Qué? —Carlos trata de erguirse y tengo que tirar de él de nuevo hasta el colchón.

—Cuando estabas hablando con él, estos humanos se abalanzaron sobre mí y alguien me pinchó en el brazo. Creo que estaba tratando de averiguar si estaba embarazada.

La sombría cara de Carlos palidece.

—Santiago... jugando al médico con mi madre, contigo. Interesado en el mapeo de genes. Lobos jóvenes sanos que desaparecen de esta manada, como el hermano y el padre de Juanito. Enormes cantidades de dinero que se esfumaron... ¿Podría ser el llamado Cosechador?

Me estremezo involuntariamente.

—Había muchas jaulas en el almacén donde me retuvieron. Muchos lobos habían estado prisioneros allí. Y tomaron prisioneros a mi hermano y a sus compañeros de manada en lugar de matarlos. ¿Crees que está experimentando con cambiantes?

—Sí. —Carlos se levanta de la cama y se pone de pie.

Mierda, se está esforzando demasiado.

—Carlos, espera. Él no está aquí ahora, puede esperar. O haz lo que tengas que hacer en la cama conmigo —añado la última parte y arqueo las cejas; su expresión se suaviza en una sonrisa. Se hunde de nuevo en la cama—. Bueno, si lo pones de esa manera... —Su palma aterriza justo en mí y me aprieta.

Pero su sonrisa se borra de nuevo y me fija con su mirada.

—Dime, Sedona. ¿Podrás perdonarme alguna vez por lo que te ha hecho mi manada?

—Sí. Sé que tú no tuviste nada que ver con eso. Y el consejo ya no está. Debo decirte que mi padre y mi hermano estarán aquí pronto con sus manadas. —Le mandé un mensaje de texto a mi padre cuando aterricé anoche. Me hizo saber que estaban justo detrás de mí, en un vuelo esta mañana. Saco mi teléfono para enviar un mensaje de texto de nuevo y hacerle saber que estoy a salvo—. Después de hablar con la cambiante de tu manada, ella creyó que estabas en peligro por el consejo, así que viene a ayudarte, a protegerte. Le haré saber que ya está hecho.

—Entonces estarán aquí para nuestra ceremonia de apareamiento. —El tono de Carlos es ligero, pero me mira de cerca y no creo que esté respirando.

Lanzo una pierna sobre la suya.

—Creo que ya estamos apareados.

Su sonrisa destella, sexy y encantadora.

—¿Eso significa que sí? ¿Me aceptarás como tu compañero?

Mi voz titubea un poco.

—Lo resolveremos.

—Por supuesto —dice Carlos sobriamente—. Nunca te retendría aquí si no encuentras alegría. Pero te prometo que trabajaré muy duro para mantenerte feliz, mi amor. Y si deseas dividir tu tiempo con los Estados Unidos, también lo entiendo. Serás como Perséfone, tomándose un descanso del infierno.

—No —respondo de inmediato—. Mi lugar está contigo. Quiero decir, sí, quiero visitar mi casa, pero no hay nada allí para mí. No sin ti. Y este lugar no es un infierno. Es hermoso. Un paraíso, Carlos.

Parpadea rápidamente.

—Gracias —responde mientras se atraganta y me toma la cara con ambas manos, estampando sus labios sobre los míos y robándome la respiración—. Creo que puede ser un paraíso. Es un reto, pero estoy trabajando en ello por ti, no hay nada que no pueda hacer. No puedo creerlo. Temía no lograr mantenerte.

—Estoy aquí —susurro.

Me vuelve a besar.

—Te veo, preciosa. Gracias.

Miro en sus cálidos ojos marrones chocolate, siento el amor que brota de él.

—Cuando pensé que estabas en peligro, todos los muros que había erigido, todos los miedos e inseguridades sobre si realmente me amabas, o si era solo tu biología la que insistía en que me siguieras porque me habías marcado, se derrumbaron. Sabía que no quería un futuro sin ti en él, que estaría dispuesta a morir para protegerte. Así que estoy aquí.

—Muñeca, sí, hay biología, y mucha, pero mi amor por ti va mucho más allá de lo físico. Eres todo lo que es hermoso en el mundo. Y sé que aún no sé todo sobre ti, no conozco tu canción favorita, ni tu película ni tu programa de televisión, todavía no he conocido a tu familia, no conozco tus historias de infancia. Pero anhelo cada parte de ti, incluso las partes que mantienes ocultas. —Su mano se curva alrededor de mi nuca y acerca mi cara a la suya. Me besa con un movimiento suave y exploratorio de sus labios sobre los míos.

El calor surge en mi cuerpo, pero hago todo lo posible para ignorarlo. Carlos necesita sanar. Saltarle sobre sus huesos definitivamente no ayudará. Mañana habrá tiempo para ello.

Él debe de captar mi vibración, porque sus ojos humean cuando se aleja.

—No pienses que no te castigaré por ponerte en peligro, ángel. No es tu trabajo protegerme. Prefiero morir a verte lastimada.

Solo con eso mi sexo ya está goteando. Es todo lo que puedo hacer para no acortar la distancia entre nuestras caderas y apretar el bulto en sus calzoncillos bóxer. No puedo evitar que mis párpados caigan a media asta. Hago que la lengua recorra los labios.

—¿Cómo me vas a castigar, Carlos?

Su polla sobresale en erección completa formando una tienda de campaña en sus pantalones cortos y arrastra mi cuerpo contra sus músculos duros.

—Tienes suerte de que estés vestida o yo ya estaría dentro de ti —gruñe.

Empujo contra su pecho, pero él no me da ninguna libertad, no es que yo la quisiera.

—Fácil, gran lobo. Todavía tienes cinco agujeros en el intestino.

Él me aprieta el trasero y encaja un dedo en la hendidura, presionando hasta que llega a mi agujero a través de mis pantalones.

—Mañana, muñeca. Mañana voy a follar este culo hasta que grites. Ese es tu castigo.

Un pequeño lloriqueo se escapa de mis labios mientras todo mi cuerpo se enciende en llamas que chisporrotean hasta mis dedos del pie. Muerdo su abultado músculo pectoral.

—¿Prometido?

CAPÍTULO DIECISÉIS

Carlos

Me despierto con Sedona en brazos. Entierro la nariz en su pelo grueso y respiro su olor. De alguna manera, me las arreglé para dormir con ella a mi lado y ni siquiera tuve que atarla al poste de la cama y follarla sin sentido.

Deben de haber sido las heridas de bala y la necesidad de mi cuerpo de sanar.

Aunque mi polla está dura como una roca no me muevo. Estoy contento simplemente viendo dormir a mi compañera. Ya la he marcado, pero hoy se hará oficial delante de mi manada y la suya. Incluso su madre y la pareja de Garrett están volando esta mañana para presenciarlo.

La situación *jodida* de ayer terminó mejor de lo que podría haber deseado. El padre y el hermano de Sedona pasaron unos noventa minutos haciéndome un interrogatorio extremo, pero creo que finalmente admitieron que amo a Sedona y que daría mi vida para protegerla y hacerla feliz.

Pasamos la noche iniciando una búsqueda mundial de Santiago, que creo que debe ser el Cosechador. Según un hacker amigo de Garrett, Santiago se ha vuelto una incógnita. El amigo hacker encontró todas las cuentas bancarias con las que está asociado y emitió una congelación falsa del FBI sobre los fondos. También lo eliminó de cada cuenta financiera de la manada, por lo que espero que, con su apoyo financiero cortado, sus actividades se reduzcan rápidamente. El padre y el hermano de Sedona juran continuar en su búsqueda.

Los párpados de Sedona permanecen abiertos y esos ojos azules se entretienen en mi cara. Sus labios suaves se abren y ella se inclina hacia adelante. Creo que me va a besar el cuello, pero lo muerde con dureza.

La risa se dispara desde mi garganta mientras la volteo sobre su espalda y le pongo las manos por encima de la cabeza.

—Alguien está lista para su castigo.

Se sonroja y se retuerce, pero el destello de sus pupilas y el olor de su excitación me dicen que tengo razón.

¿Cómo tuve tanta suerte?

Le aparto las piernas con la rodilla y le muerdo el hombro.

—¿Estás seguro de que estás recuperado para esto? —Ella me mira inocentemente desde sus pestañas entrecerradas.

Gruño y la enrollo a mi lado, azotando su parte posterior varias veces. Nada cabrea más a un alfa que la suposición de que él no está listo para algo.

Ella se ríe y mueve el trasero. Lleva un par de bragas y una de mis camisetas, lo que a mi lobo le resulta tremendamente satisfactorio.

—Prepárate y ven. Utiliza el baño si es necesario. Quítate la ropa. Lidiaré con tu mal comportamiento cuando regreses.

Ella corre fuera de la cama con emoción evidente hacia el baño y se ducha rápidamente. Aparece húmeda y desnuda.

Los gruñidos comienzan en mi garganta en el momento en que veo su cuerpo desnudo, que me ofrece desde el otro lado de la habitación, y cuando la atrapo, ella me tira sobre el colchón . La giro y la pongo sobre su barriga, colocándole ambas manos detrás de la espalda.

—Déjalas ahí. Ni siquiera pienses en moverlas o duplicaré el castigo.

—Sí, señor.

Una ráfaga de lujuria me atraviesa por su respuesta sumisa. Ella es tan excitante.

Levanto las caderas hasta que está de rodillas, con la cara presionada contra el colchón.

—Haz que esas piernas se abran. —Mi voz nunca ha sonado tan grave.

Ella separa las rodillas y yo le agarro la parte superior de los muslos y los abro de par en par. La lamo separando sus labios externos con mi lengua, trazando los internos.

Su coño gotea miel y yo juego con mi lengua en el clítoris. Sus muslos tiemblan. Arrastro mi lengua hasta su ano, le doy un beso negro mientras abofeteo entre sus piernas.

Ella grita un sonido lascivo, como una necesidad, y continúo asaltando su coño mojado mientras lamo su ano.

—No, no más. Ah, *joder*, sí. Por favor, Carlos.

Azoto más fuerte, más rápido, hasta que tiene un orgasmo. Sus brazos vuelan de su espalda y las rodillas se cierran.

Cambio mi ataque, azotando sus dulces nalgas durante

su orgasmo y sigo cuando ella se deja caer plana en la cama con su cuerpo suave y distendido tras su liberación.

Pongo su culo rojo, y el dolor aflora porque ella lloriquea retorciendo su cabeza alrededor.

—¡Lo siento! Lo siento, Carlos.

Caigo sobre ella inmediatamente, apretando y frotando sus nalgas tras el escarmiento mientras vuelvo a separarle las piernas. Beso un rastro por su espalda, admirando las líneas delgadas, los músculos femeninos y fibrosos de mi loba alfa.

Podríamos estar apareados durante ochenta años y ella todavía me robaría la respiración con su belleza. Le acaricio la nuca, llevo el pelo hacia un lado para morderle la oreja.

—No te muevas —murmuro.

Me apresuro a tomar un poco de lubricante, todavía empacado en la bolsa de Europa. Cuando vuelvo, le abro las nalgas y aplico lubricante en su ano. Usando un juguete anal de tamaño mediano, estiro su abertura. Ella lloriquea y gime mientras lo giro y lo bombeo dentro.

—¿Qué viene ahora, Sedona?

Su parte inferior aprieta alrededor del tapón.

—Yo… no lo sé.

—Sí, lo sabes. —Le doy un golpe a cada nalga—. ¿Qué te voy a hacer ahora, ángel?

—¿Follar mi trasero?

Agarro cada una de sus nalgas bruscamente, apretándolas y separándolas.

—Así es, mi amor. —Saco el juguete anal y aplico más lubricante. Lubrico también mi polla palpitante. Esto podría ser un castigo, pero no habrá dolor, solo placer.

—La vas a tomar, ¿sabes por qué?

—No.

—Sí, lo sabes. Porque eras una chica mala. Te pones en peligro y eso no está permitido, hermosa.

—Lo siento. — Ella está jadeando, levantando el trasero para mí, emocionada.

Pongo su culo a horcajadas y le estiro los glúteos para golpear la cabeza de mi polla contra el agujero de su culo.

—Tómame.

De alguna manera, ella sabe relajarse y la punta de mi polla entra. Voy despacio, dándole tiempo para que se acostumbre.

Retiene el aliento y muerde la colcha, la recoge con sus puños mientras entro centímetro a centímetro.

—Buena chica.

—¡Sí! —jadea.

No estoy seguro de a qué está diciendo que *sí*, pero lo tomo como una señal de que está bien y continúo hundiéndome en ella.

Está apretada y su calor envuelve mi polla como un puño. No voy a durar mucho. Hay algo tan tabú, tan *jodidamente* caliente sobre castigarla de esta manera. Quiero bombear y encontrar mi liberación, pero me obligo a mantener mis movimientos lentos y uniformes.

Metí una mano debajo de sus caderas y la posé en su monte de Venus. Su coño hinchado y empapado da la bienvenida a mis dedos. La follo con tres dedos, empujando profundamente cuando mi polla se retira un poco, alternando.

—Por favor, Carlos, por favor. Oh, *joder*. Oh sí... —Sus gritos crecen hasta convertirse en un chillido agudo que nunca se detiene.

Mi respiración se vuelve desigual y embisto más duro, haciendo todo lo posible para mantener los empujes rectos y medidos. Mis ojos vuelven a rodar en mi cabeza, las estrellas explotan en mi visión. Me sumerjo profundamente en su trasero y me libero.

En el momento en que me corro, ella también. Sus músculos internos tiemblan alrededor de mis dedos.

—Carlos, Carlos, Carlos...

—Sigue diciendo mi nombre, mi amor. Soy el único que va a hacer que te corras.

—¡Sí! —Otro espasmo de su coño.

Embisto suavemente un poco más y dejo caer mi cuerpo sobre el suyo, besándole el cuello. Cuando nuestras respiraciones se ralentizan, me relajo y ruedo hacia mi lado, envolviéndola en mis brazos, con su espalda a mi frente.

—Te quiero. Te adoro. Te amo —digo en español.

Ella me cubre las manos con las suyas, que son más pequeñas.

—Yo, todo eso, y más.

~.~

Sedona

ME QUEDO JUNTO a la entrada de la terraza con la mano enganchada alrededor del codo de mi papá. La terraza se ha transformado. El mármol brilla, limpio de la sangre de la lucha de ayer. Cadenas de luces centellean en cada barandilla y en cada árbol. Mesas redondas cubiertas de lino blanco engalanan el espacio, y cada asiento es ocupado por los miembros de la manada de Carlos, y la mía.

El aroma de alimentos típicos llena el aire y una larga mesa de banquete está lista con montones de carne salada, verduras, frutas y dulces. No puedo esperar para probar el mole de pollo, que Carlos promete que es el mejor de México.

Mi cuerpo ya está recuperado del delicioso castigo de Carlos esta mañana, me siento totalmente reclamada por él.

Después de hacer el amor, él nos llevó a mí, a Garrett y a mi padre a recorrer la montaña, mostrándonos su increíble belleza y riquezas y presentándonos a los miembros de su manada.

Mi madre y Amber llegaron al mediodía, luego pasaron la tarde ayudándome a prepararme. Amber entretejió una cadena de perlas con mi cabello, trenzando una corona alrededor de la parte superior de mi cabeza y enroscó el resto de mi pelo en tirabuzones que cuelgan por mi espalda.

Milagrosamente encajo en el vestido de novia de mi madre, un vestido blanco y plateado con finas tiras y un escote en la espalda en forma de V que se hunde hasta mi trasero y un escote más modesto por delante. Amber me prestó un par de sandalias plateadas. Me siento como una princesa a punto de convertirse en reina de un nuevo reino.

La banda de mariachis termina una hermosa balada y todos miran expectantes a Carlos, quien hace su aparición en un estrado elevado. Se ve increíblemente guapo esta noche con un esmoquin. Dice algo grandilocuente sobre mí en español. No entiendo las palabras, pero el significado no se pierde porque me mira con una reverencia que hace vibrar mi cuerpo.

Soy *suya*.

Cada célula de mi cuerpo lo sabe. Pertenezco a él. Solo a él.

Se vuelve hacia las mesas de los estadounidenses y lanza un discurso:

—Decir que me siento honrado de tomar a Sedona como mi compañera sería una obviedad. Ella es mi vida, mi luz. El ángel que me ayudó a ver el camino para despejar la opresión y la corrupción que ha plagado mi manada. Pasaré todos los días de nuestras vidas compensando los errores que se han hecho aquí. —Él hace una pausa para mirar a mi padre y luego a mi hermano mientras desarrolla su discurso.

Mi padre asiente, como si hubiera estado esperando este pronunciamiento, y me guía. No estamos teniendo una verdadera ceremonia de boda como la hacen algunos lobos estadounidenses. Esto es solo una celebración del apareamiento que ya ha tenido lugar. Aun así, Juanito, con un traje, le alcanza una pequeña caja de joyas a Carlos y mi compañero saca un anillo que desliza en la punta de su dedo índice.

El solo tiene ojos para mí cuando me acerco. Mi padre se detiene frente a la plataforma y me besa la mejilla. Carlos alcanza mi cara con ambas manos y tira de mi boca hacia la suya, inclinando sus labios sobre los míos.

Gimo suavemente en su boca y él sonríe contra mis labios.

—Te amo, mi loba blanca. —Toma mi mano y desliza en mi dedo una banda de oro delgado con tres esmeraldas ovaladas—. Te conseguiré un anillo real pronto, pero quería darte algo esta noche. Este era de mi abuela.

Me queda suelto, así que me lo quito y lo deslizo sobre mi dedo medio, en el lugar donde no se cae.

Él me sostiene ambas manos y me mira a los ojos.

—Cásate conmigo.

Me río.

—Una vez más, creo que el trato ya está hecho. —Levanto la mano y agito los dedos.

Desliza su nariz sobre la mía.

—Lo quiero todo y en todos los sentidos: matrimonio legal, ceremonia familiar, marcada con la luna.

Presiono mis labios en los suyos.

—Me tienes. Estoy contigo en todo.

Carlos sonríe y levanta las manos entrelazadas en un claro gesto de victoria, volteándonos para volver a enfrentarnos a la gente.

—He encontrado y reclamado a mi pareja. ¡Por favor, que comience la fiesta!

El mariachi arranca y me inclino sobre Carlos, empapándome de su presencia, tan sólida y cálida. Todo es perfecto.

—Te amo, Carlos. —Él ya lo sabe, pero siento que es importante decirlo ahora, en este momento.

Me inclina la cara hacia arriba y me mira fijamente sin moverme.

—¿Qué estás haciendo?

—Memorizando este momento. No quiero olvidar nunca el maravilloso sentimiento de saber que eres mía.

Me alzo sobre mis pies y estampo mis labios sobre los suyos.

—Y yo te reclamo a ti, lobo negro. Tú eres tan mío como yo soy tuya.

Una sonrisa infantil se extiende por su rostro.

—¿Prometido?

Fin

AGRADECIMIENTOS

¡Gracias a Aubrey Cara, Katherine Deane, Miranda y Margarita por sus primeras lecturas!

La tentación del alfa
"Ropa fuera, gatita. Esa será una regla. Tú nunca deberías llevar más ropa que yo".

MÍA PARA PROTEGER. MÍA PARA CASTIGAR. *MÍA*.

Soy un lobo solitario y me gusta que sea así. Desterrado de mi manada desde mi nacimiento, después de un baño de sangre, nunca quise una pareja.

Entonces me encuentro con Kylie. «Mi tentación». Estamos juntos atrapados en un ascensor, y su pánico hace que casi se desmaye en mis brazos. Ella es fuerte, pero está rota. Y esconde algo.

Mi lobo quiere reclamarla. Pero es humana y su delicada carne no sobrevivirá a la marca de un lobo.

Soy demasiado peligroso. Debería alejarme. Pero cuando descubro que ella es la hacker que casi acaba con mi empresa, le exijo que se someta a mi castigo. Y ella lo hará.

Kylie me pertenece.

Nota del editor: *La tentación del alfa* es un libro independiente de la serie *Alfa Peligrosas*.

Final feliz garantizado, sin trampas. Este libro contiene un lobo alfa ardiente y exigente con una inclinación por proteger y dominar a su hembra. Si este material te ofende, no compres este libro.

El peligro del alfa (Alfas peligrosos 2)

«Rompiste las reglas, humana. Ahora me perteneces».

Soy un lobo alfa, uno de los más jóvenes del país. Puedo elegir a cualquiera de las lobas de la manada para que sea mi pareja. Entonces, ¿por qué estoy olfateando a la sensual abogada humana que vive al lado? Tan pronto como siento el dulce olor de Amber, mi lobo quiere reclamarla.

Estar cerca de ella es una mala idea, pero yo no sigo las reglas. Amber actúa toda digna y recatada, pero también tiene un secreto. Quizás no quiera tener habilidades psíquicas, pero son un don.

Debería dejarla ir, pero la forma en que intenta luchar contra mí solo hace que la desee más. Cuando descubra lo que soy, no podrá escapar. Es parte de mi mundo, le guste o no. Necesito que use sus dones para que me ayude a encontrar a mi hermana perdida y no aceptaré un no por respuesta.

Ahora me pertenece.

LIBRO GRATIS - LA VIRGIN Y EL VAMPIRO

Quiere un libro gratis de Renee Rose y Lee Savino? Suscríbete a su newsletter para recibir **La virgin y el vampiro** y otro contenido especialmente bonificado y noticias de nuevos. https://BookHip.com/NCVKLK

LIBRO GRATIS DE RENEE ROSE

Quiere un libro gratis de Renee Rose? Suscríbete a mi newsletter para recibir **_Padre de la mafia_** y otro contenido especialmente bonificado y noticias de nuevos. https://BookHip.com/NCVKLK

OTROS LIBROS DE RENEE ROSE

ACERCA DEL AUTOR

RENÉE ROSE, LA AUTORA BESTSELLER EN USA TODAY, ama los héroes dominantes, ¡los machos alfa que saben hablar sucio! Ha vendido más de un millón de copias de tórridas novelas románticas con diferentes niveles de sexo no convencional. Sus libros han sido presentados en el Happily Ever After de USA Today y en Popsugar. Nombrada en el Eroticon de los Estados Unidos como la Próxima Autora Erótica Top en 2013, ha ganado también como Autora Preferida en Ciencia Ficción y Antología Valiente y Atrevida y con la mejor novela romántica histórica en The Romance Reviews. Figuró siete veces en la lista de USA Today con su serie Rancho Wolf y varias antologías.

**Suscríbete a mi newsletter para recibir contenido especialmente bonificado y noticias de nuevos lanzamientos en Español.

https://www.subscribepage.com/reneerose_es

ACERCA DEL AUTOR

Lee Savino es una autora de novelas románticas inteligentes y sensuales incluida en las listas de grandes éxitos del periódico USA Today. La puedes encontrar en el grupo "Goddess Group" en Facebook.